Hamster, bretzels & mariage à Noël

DE LA MÊME AUTRICE
AUX ÉDITIONS J'AI LU

Noël au pays des bretzels
Le curieux manoir de tante Aglaé
Cher père Noël, sors-moi de là !

Vite de l'air, vite du vert ! (Collectif)
Rendez-vous sous le gui (Collectif)
Avec ou sans valentin ? (Collectif)
Allô, maman ?! (Collectif)

Ena Fitzbel

Hamster, bretzels & mariage à Noël

J'AI LU

Quand on décore un sapin de Noël, on a toujours l'impression qu'il nous faudrait une guirlande de plus.

Loi de Murphy

1

Jeudi 15 décembre

Pourquoi faut-il qu'une tuile nous tombe sur la tête quand tout va pour le mieux ?

On devrait toujours écouter les proverbes alsaciens. L'un d'eux m'avait pourtant mise en garde : « Si le bonheur est dans ta maison, ne te réjouis pas trop, car le malheur est à ta porte. »

Il a bien raison.

Encore une belle journée en Alsace. Le soleil n'a jamais autant brillé dans le ciel de Colmar que ces dernières semaines. Verrons-nous la neige cette année ? Hélas, la douceur persistante des températures ne nous permet pas de l'envisager.

Accoudée à une rambarde du canal du Logelbach, je regarde la grosse boule rouge orangé se coucher sur la ville dans ses langes pourpres. Impatiente, la nuit descend sur la place de l'Ancienne-Douane. Une pénombre dorée commence à envelopper les badauds massés autour des maisonnettes du marché de Noël ou qui, comme moi, admirent les eaux miroitantes du canal. Mais l'obscurité ne vaincra pas.

Peu à peu, les demeures à colombages s'éclairent. Les fenêtres s'illuminent, des girandoles d'ampoules colorées soulignent les toits pointus, des décorations aux formes les plus variées – étoiles, cannes, nœuds, cœurs, bretzels, cloches – agrémentent les façades. S'allument ensuite les chalets de bois offrant, pendant toute la période de l'Avent, un choix incroyable de produits d'artisanat et de spécialités alsaciennes.

Nimbées de lumières clignotantes, les silhouettes des touristes venus en nombre pour profiter des festivités glissent de stand en stand. J'aimerais tant les imiter. M'enivrer des délicieuses odeurs de cannelle et de vin chaud, fredonner les chants de Noël que distillent les haut-parleurs, croquer dans ces *fleischnaka* qui me font tant envie. Je raffole de ces petites spirales de pâte garnies de bœuf haché. Ma grand-mère en préparait de si bons. Malheureusement, elle a emporté sa recette dans la tombe. Passons ! Le plaisir attendra, car le travail passe avant tout. Telle est ma devise.

J'ai rendez-vous avec une cliente. Laquelle n'est autre que Lorraine, ma meilleure amie. Je me demande pourquoi elle souhaite me voir aujourd'hui. « Urgent et vital », c'est tout ce que j'ai réussi à lui soutirer. Elle m'avait l'air sacrément paniquée. Ses noces se célébreront à la mi-janvier. Et puisque c'est moi qui ai l'insigne honneur de les organiser, pourquoi s'en inquiéterait-elle ? Chaque détail sera prêt à temps, elle le sait pertinemment. Je m'en voudrais de compromettre ma réputation.

Pour tout vous dire, je dirige une agence événementielle spécialisée dans l'organisation de mariages, communions et baptêmes. Mes affaires marchent plutôt bien dans une ville comme Colmar qui recense de grosses fortunes issues de la viticulture et de l'industrie. Il n'est pas rare que l'on me commande des fêtes somptueuses aux budgets colossaux. Je suis alors en mesure de proposer des prestations de qualité dans les plus beaux lieux de réception que compte le Haut-Rhin.

Mon master en archéologie ne me prédisposait pas à une telle carrière. Le métier d'égyptologue correspondait plus à mes aspirations. Je voulais suivre les traces d'Auguste Mariette ou de Gaston Maspero. Dans mes rêves les plus fous, je m'imaginais découvrir un passage secret dans la pyramide de Khéops ou trouver la tombe de Néfertiti. Des problèmes de santé ont contrarié mes belles ambitions. Sable, poussière, moisissures, acariens sont les pires ennemis d'une grande allergique comme moi.

J'aurais pu continuer de tenir la boutique de farces et attrapes de mes parents. Ces lâcheurs ont pris leur retraite en Guadeloupe. Comme si le soleil de Colmar – deuxième ville la plus ensoleillée de France – ne leur suffisait pas ! Mais je ne suis pas ce que l'on appellerait une rigolote. Verres baveurs, araignées sauteuses et déguisements de saucisse ne m'ont jamais amusée.

J'ai donc profité de leur abandon de poste pour récupérer une partie de leur bail commercial en plein centre-ville, il y a trois ans. Après quelques travaux, Fiesta à gogo est devenu Maât Event. Par chance, mon activité d'organisatrice d'événements requiert des compétences identiques à celles que j'ai toujours privilégiées dans mon apprentissage de l'archéologie. Rigueur, efficacité, coordination : autant de valeurs incarnées par Maât, la déesse égyptienne éponyme de mon entreprise.

Seul petit hic : je ne suis pas dotée d'un bon relationnel. Il arrive parfois que des reparties cinglantes s'échappent de ma bouche, manifestement possédée par quelque esprit contestataire. Vous l'aurez compris, la diplomatie et moi ne sommes pas passées par la même porte. À choisir, je préfère de loin la compagnie des momies à celle des grincheux.

Assez palabré ! Vous connaissez tout sur moi. Enfin, presque. Je me prénomme Amandine, à cause des *schwowebredele* – ces palets aux amandes d'origine souabe – dont ma mère s'empiffrait pendant sa grossesse. Une étrangeté difficilement explicable, lorsqu'on sait que je souffre d'une intolérance aux fruits à coque. Ah, j'oubliais : trente ans, toujours célibataire et pas pressée de sauter le pas. Mon père excepté, les hommes que j'ai côtoyés m'ont trop souvent confondue avec un paillasson. Qu'ils aillent s'essuyer les pieds ailleurs !

Mon amie Lorraine est plus chanceuse que moi en amour. Elle semble avoir rencontré la perle rare en la personne de Gilles, un universitaire très prévenant qui n'a d'yeux que pour elle. Je ne le connais pas encore très bien, mais je ne le crois pas capable de la cocufier. Abonnée aux trahisons en tous genres, je commence à savoir repérer les individus susceptibles de nuire à leur moitié.

Voyant l'heure tourner, je m'ébroue mentalement et renonce à une séance de « lèche-chalets ». Après avoir longé le canal du Logelbach dans le sens du courant, je gagne la rue de la Montagne-Verte, où m'attend le taxi que j'ai commandé. Une fois à son bord, j'indique l'adresse au chauffeur. Direction le quartier sud, aussi surnommé quartier des « milliardaires ». Nous quittons le centre historique et traversons la Lauch, dans laquelle se jettent les eaux du Logelbach.

La résidence de standing où je suis conduite se situe non loin de la Maison aux raisins, cette élégante bâtisse en pierre de taille qui doit son appellation à ses sculptures murales inspirées de motifs végétaux tels que des vignes. Ainsi, Lorraine habite dans cet immeuble en forme de pyramide à degrés qui, sans toutes ces illuminations de Noël aux balcons, pourrait facilement s'inscrire dans le paysage égyptien. Gilles et elle y ont emménagé la semaine dernière. Ils se sont rencontrés cet été, lors d'une croisière aux Caraïbes. Entre eux, ç'a été le coup de foudre.

L'annonce de leur mariage a surpris tout le monde, à commencer par moi.

Tandis que je règle ma course, mon amie me hèle depuis sa terrasse couronnée de guirlandes lumineuses.

— Ohéé, Amandine ! Monte, c'est au troisième.

— Fais chauffer le chocolat. J'arriiive ! lui crié-je, attirant l'attention d'une vieille dame et de son caniche qui m'aboie copieusement dessus.

— Parlez moins fort... Vous allez réveiller Hans Trapp, me réprimande-t-elle, non sans une pointe d'humour.

— Et moi qui pensais que la Saint-Nicolas était déjà passée.

— Sait-on jamais, il pourrait avoir envie de revenir ? me répond-elle, une fois son chien calmé.

Qui aurait cru que sa remarque m'arracherait un petit rire ? En Alsace, il existe un personnage qui prête rarement à sourire. Hans Trapp, également connu sous le nom de père Fouettard. Couvert de peaux d'animaux, il fait une brève mais effrayante apparition dans la nuit du 5 au 6 décembre, lorsqu'il déambule dans les rues en agitant ses chaînes et son fouet. Enfant, je le craignais plus que tout. Blottie dans les bras de mon père, je le regardais défiler depuis la fenêtre de notre appartement, tout en priant pour qu'il ne m'aperçoive pas. Heureusement, le bon saint Nicolas, présent à ses côtés, a toujours tempéré ses instincts maléfiques. Vêtu de son long manteau rouge et coiffé d'une mitre assortie, le vieil homme à la barbe blanche distribue au tout-venant des fruits, du pain d'épice et des *mannele*, ces brioches en forme de bonhomme.

De peur de me montrer impolie avec la charmante vieille dame au caniche, j'échange quelques réflexions sur le temps trop doux pour la saison, avant de rejoindre le perron de l'immeuble. Après avoir bataillé avec l'interphone, les portes fortifiées, l'ascenseur à code et la numérotation alambiquée des logements, je parviens à destination.

Lorraine guettait mon arrivée ; elle m'ouvre sans que j'aie besoin de sonner. Svelte, avec des cheveux blonds lui descendant aux épaules et de grands yeux bleus, elle porte des mules à hauts talons et une ample combinaison de soie rouge et or dans laquelle je ressemblerais certainement à un nain de jardin. Pas elle. Même sans maquillage, elle a la classe.

— Tu n'as pas trop galéré pour venir ? me demande-t-elle tout en me serrant dans ses bras.

— Avec les indications que tu m'avais données, le taxi n'a eu aucun mal à trouver, répliqué-je tout en humant l'air. Miam ! Ça sent bon le pain d'épice.

— Et les *bredele*, je sais que tu les adores. Je t'attendais pour le goûter. Gilles est encore à l'université. Nous serons tranquilles… Comme au bon vieux temps !

C'était l'époque, désormais révolue, où j'étais sans arrêt fourrée chez elle, au Golf Resort and Country Club de son père. À la mort de ce dernier, il y a huit ans de cela, j'ai déserté l'endroit.

Non par lâcheté. Je n'ai jamais cessé de lui apporter mon soutien. Mais il y avait Romain, son frère aîné. Un affreux jojo qui a pourri mon adolescence. En décidant de reprendre l'entreprise familiale, il m'a dissuadée d'y remettre les pieds.

— Mais entre donc, insiste Lorraine, devant ma réticence à bouger.

Intimidée par la magnificence du mobilier et les sols en marbre, je la suis avec la raideur d'une écolière convoquée chez le directeur. Zigzaguant entre les cartons, elle m'entraîne dans une cuisine ultramoderne. Nous nous asseyons à une table garnie de desserts, face à la fenêtre qui offre une vue plongeante sur les lumières de la ville.

— Vas-y, sers-toi ! me lance-t-elle avec empressement. Je sais que tu es gourmande.

En temps normal, je me serais effectivement jetée sur les *bredele*, mais ses mots – « urgent » et « vital » – tournent sans relâche dans ma tête et me coupent l'appétit.

— Pas avant que tu m'aies dit pourquoi tu voulais me voir urgemment.

— Respire un grand coup : je crois que tu ne vas pas aimer.

— Tu annules ton mariage ? m'inquiété-je.

— Nooon... Gilles et moi nous aimons sincèrement. Nous voulons toujours nous marier, mais...

— Ma prestation ne te convient plus, c'est ça ? Sois honnête. N'aie pas peur de le dire. Je ne le prendrai pas mal.

— Où vas-tu chercher tout ça ? soupire-t-elle. Bien sûr que non. Tout est parfait, comme d'habitude, mais...

Fuyant mon regard inquisiteur, elle s'interrompt pour pousser vers moi une assiette remplie de petits biscuits : étoiles blanches, bonshommes de pain d'épice, sapins en chocolat, clochettes marbrées, cœurs pailletés de cristaux roses. C'est suspect. Elle remplit de chocolat chaud nos tasses respectivement décorées d'une Jeannala et d'un Seppala[1], ces petits personnages vêtus du costume traditionnel alsacien.

— Sucre ? me demande-t-elle, fébrile.

— Non merci. Et donc...

— De la crème Chantilly ?

— Oh pitié, Lorraine ! Arrête de me faire lanterner. Parle maintenant ou tais-toi à jamais, m'énervé-je.

— Alors, voilà... Je veux avancer la date du mariage.

1. Les personnages de Jeannala et de Seppala sont des créations de l'artiste David Grandmaire.

2

Tandis que Lorraine lance sa bombe, j'essaie de garder une contenance qui ne trahisse pas mon désarroi. Peu à peu, mon regard dérive vers la fenêtre. Le ciel d'encre au-dehors a transformé la vitre en miroir dans lequel je peux apercevoir mon reflet. La fille qui tire une drôle de tête, c'est moi !

Des jours comme celui-ci, je regrette plus que tout de ne pas avoir réalisé mon rêve de devenir égyptologue. Jamais, au grand jamais, la momie d'un pharaon, aussi puissant eût-il été de son vivant, ne viendrait chambouler mon calendrier.

— Est-ce OK pour toi ? s'enquiert Lorraine, haussant les sourcils. J'ai conscience de t'en demander beaucoup, mais cette occasion de réunir ma famille au grand complet ne se représentera pas de sitôt, vois-tu.

— Mais les bans ? As-tu seulement songé aux bans ? protesté-je, toujours aussi sidérée par son annonce. Ils doivent être publiés au moins dix jours avant la célébration du mariage.

— En fait… nous sommes dans les temps… Gilles et moi avons déjà fait le nécessaire auprès de la mairie… avant-hier…

Je me livre à un petit calcul avec tous les doigts de mes mains. Effectivement, dix jours séparent le mardi 13 du vendredi 23 décembre. Mon amie avait bien préparé son coup. Son fiancé et elle pourront s'unir civilement l'avant-veille de Noël et festoyer pendant le réveillon.

— Alors, qu'en penses-tu ? insiste-t-elle.

Ses grands yeux bleus écarquillés me scrutent dans l'attente d'une réponse. Elle a au moins le tact d'afficher un air gêné.

— Si je résume la situation, tu me demandes d'organiser ton mariage pour Noël.

— C'est tout à fait ça, approuve-t-elle, esquissant un sourire embarrassé. Et puisque tu détestes cette fête, je ne risque pas de te la gâcher.

Mettons les choses au clair : je ne déteste pas Noël, je l'évite, tout simplement. Le fait que ma famille se limite à mon père et à ma mère – tous deux experts en farces et attrapes – m'a appris à me méfier de ce jour particulier. Enfant, je rêvais de grandes tablées et d'atmosphères chaleureuses, avec des invités, une dinde aux marrons, une bûche au chocolat et des cadeaux tout mignons. Hélas, mes parents avaient confondu Noël avec Halloween. Décoré par leurs soins, l'appartement ressemblait plus à l'antre de Dracula qu'à celui des lutins. Ça les amusait beaucoup. Pas moi !

N'en parlons plus, c'est du passé. Et maintenant qu'ils habitent à plus de six mille kilomètres d'ici, l'affaire est réglée.

— Et tes invités ? Arriveront-ils à se libérer ? continué-je.

— Je les ai déjà tous prévenus. Crois-moi, la nouvelle date les arrange. Comme je te l'ai expliqué, toute une branche de ma famille vit au Canada. Elle ne peut nous rendre visite que pendant les fêtes de fin d'année. Il y a aussi ma belle-mère, toujours en vadrouille de par le monde, et qui a promis de passer Noël avec nous. Je ne tiens pas particulièrement à ce qu'elle soit présente à mon mariage, mais tu connais Romain, il prend très à cœur sa mission de patriarche depuis que notre père est… Bon, tu m'as comprise ! Il insiste pour qu'elle assume son rôle de mère de substitution.

Je pourrais rétorquer que, justement, je me serais bien passée de connaître son frère, mais je m'en abstiens. À ce stade de la discussion, il ne servirait à rien de ressasser mes griefs contre lui. De plus, Lorraine l'a placé sur un tel piédestal que je m'en voudrais de la décevoir. Je ne lui ai jamais parlé des brimades qu'il m'a infligées au collège, puis au lycée. Lorsque sa bande de copains et lui me traitaient de *kornferkel*, je me contentais de serrer les dents et fuyais les miroirs contre lesquels leurs railleries résonnaient en écho. Ceux qui ne comprennent pas l'alsacien ignorent probablement ce que signifie ce surnom. Il désigne le grand hamster d'Alsace, menacé d'extinction et que l'on ne rencontre qu'autour de Strasbourg.

Je déteste les hamsters… surtout leurs abajoues, ces poches situées de part et d'autre de leur tête et dans lesquelles ils stockent de la nourriture. Ma peur de leur ressembler est devenue une hantise permanente qui me tourmente dans mon quotidien. Pour l'exorciser, je n'ai rien trouvé de mieux que de m'astreindre à de longues séances de yoga du visage.

Chassant ces pensées négatives de mon esprit, je m'attaque à la problématique énoncée par mon amie. N'est-ce pas ainsi qu'agit tout bon professionnel ?

— Eh bien ! Je n'aurai aucun mal à décaler le traiteur…, commencé-je tout en lorgnant l'assiette de *bredele*. Mes fournisseurs s'aligneront, les livraisons seront assurées, mais pour l'hôtel…

— Quel est le problème avec l'hôtel ?

— Les salons et une trentaine de chambres, c'est facile à trouver pour la mi-janvier, mais certainement pas à Noël.

— Je vois…

Ce disant d'un ton traînant, elle tapote son menton pointu, si délicat, du bout de son index. Contrairement à moi, elle n'aura jamais besoin de le masser. Je constate également qu'un sourire malicieux s'est esquissé sur ses lèvres fines.

— Je pense avoir la solution, lâche-t-elle en réponse à mes mimiques interrogatives. Romain a l'intention de fermer le country club entre Noël et le jour de l'An. L'hôtel attenant contient suffisamment de chambres pour accueillir tous mes invités. Le mariage se fera là-bas, qu'en dis-tu ?

La bouche grande ouverte, je demeure sans voix. Mince alors ! Je connais quelqu'un qui s'apprête à affronter sa pire bête noire, son cauchemar de jeunesse. Impossible de refuser : la proposition de Lorraine est ce qu'il y a de plus sensé.

Et un *kornferkel* aux marrons pour Noël, un !

3

Vendredi 16 décembre

Je n'ai pas passé la meilleure nuit qui soit. Le traditionnel verre de lait chaud ne m'a pas aidée à dormir. Et si j'essayais le schnaps, la prochaine fois ?

Il me reste moins de dix jours pour organiser le mariage de ma meilleure amie. Je ne dois pas traîner, le temps presse. Tout hier et ce matin, j'ai contacté mes fournisseurs attitrés. Après de longues tractations, ils ont accepté d'avancer les dates de livraison. J'ai pu réserver un service de traiteur digne de ce nom et engager du personnel qualifié, ce qui constitue un exploit en cette période.

Comme les réjouissances se dérouleront sur le thème de Noël, je dois créer une ambiance hivernale chaleureuse. De celles que l'on voit dans les téléfilms. Et certainement pas inspirée des ersatz sinistres de fêtes que m'offraient mes parents. À cet effet, Lorraine m'a donné carte blanche, ainsi qu'un budget illimité. Il serait toutefois préférable de vérifier si des décorations ne sont pas prévues pour l'occasion. Autant éviter les dépenses superflues. Je décide donc de partir en repérage au Golf Resort and Country Club.

Allons, courage ! Avec un peu de chance, je ne croiserai pas le grand méchant loup : j'ai nommé Romain Hartmann. Si je l'aperçois d'un côté, je filerai de l'autre. Sa présence n'est pas indispensable, ses employés sauront me renseigner.

Forte de ces bonnes résolutions, je récupère ma vieille Twingo au garage et sors de la ville. Le domaine des Hartmann se situe à une quinzaine de kilomètres au sud de Colmar. D'aucuns emprunteraient la route des vins, qui passe par la charmante cité médiévale d'Eguisheim. Les touristes en mal d'authenticité n'hésiteraient pas une seule seconde à s'y arrêter. Ils pourraient ainsi flâner dans ses ruelles concentriques, agencées autour du château des Comtes. Ils admireraient la palette de couleurs des maisons à colombages aux toits pointus. Ils profiteraient du marché de Noël.

Figurez-vous que je suis pressée. Aussi, je préfère prendre l'A35. Je la suis sur une dizaine de kilomètres, puis la quitte pour m'enfoncer dans les vignes. Tandis qu'un beau ciel étend son dôme bleu et froid au-dessus de ma tête, un tapis de ceps dénudés et taillés au cordeau ondule à perte de vue. Ce panorama idyllique ne me distraira pas. La route qui serpente à travers les vignobles est étroite et requiert toute mon attention. Au bout d'une dizaine de minutes à prier pour ne pas croiser de voitures, j'aperçois l'écrin de verdure du country club.

Arrivée à destination, j'ai la mauvaise surprise de trouver les grilles closes. Il n'est que quatorze heures, comment est-ce possible ? L'établissement est indiqué comme étant ouvert sur Internet. Mon moteur éteint, je descends du véhicule et vais sonner au portail tout en veillant à demeurer dans le champ de la caméra de surveillance.

Un « C'est fermé ! » entrecoupé de grésillements me répond dans l'interphone. Je reconnais immédiatement la voix chantante à l'accent un peu rauque de Robert Weber, le gardien du golf qui occupe, avec sa femme Marguerite, la maisonnette à l'entrée du domaine. Pourtant, je ne l'avais pas entendue depuis belle lurette. Huit ans, pour être exacte.

— Monsieur Weber... C'est moi, Amandine Schmitt, l'amie de Lorraine.

— Mademoiselle Schmitt, vous ici ? Attendez que je regarde mieux... Ah oui, je vous remets, là ! s'exclame-t-il d'un ton radouci. Vous n'avez pas changé... Lorraine n'habite plus au manoir, vous n'êtes pas au courant ?

— Si, bien évidemment. Elle m'a chargée d'organiser son mariage. C'est prévu pour le 24 de ce mois, et ça aura lieu ici même.

S'ensuit un long silence. Je scrute par-delà les barreaux des grilles avec un sentiment de malaise. Les greens sont déserts, et Robert ne fait toujours pas mine de m'ouvrir. Pourquoi a-t-il besoin d'autant de temps pour réagir ? Peut-être devrais-je téléphoner à Lorraine et clarifier la situation ?

De nouveaux grésillements retentissent et me ramènent vers l'interphone.

— Il y a comme un problème..., commence le gardien.

— C'est-à-dire ? le pressé-je, contenant à grand-peine mon impatience.

— Le golf est fermé jusqu'au lundi 2 janvier inclus. Le personnel est en congé, il n'y a presque plus personne ici. Je vois mal comment on pourrait célébrer un mariage.

— Et pourtant, Lorraine m'a affirmé que ce serait possible.

— Ça, je ne dis pas le contraire, bougonne-t-il. Mais ce n'est pas à moi de m'en mêler. Ne bougez pas, j'appelle le manoir.

Comme si j'allais quitter le navire ! Ce n'est pas mon genre de renoncer à une mission, aussi ardue soit-elle.

— C'est OK, je vous ouvre, ils vont vous recevoir, capitule-t-il enfin.

Le « bon courage » qu'il prononce tout bas avant de raccrocher ne me dit rien qui vaille. Je l'entrepose dans un coin de ma cervelle et rejoins ma Twingo. La grille franchie, je ralentis et salue de la main Robert et Marguerite, qui se montrent sur le seuil de leur maisonnette rose. Le moins que l'on puisse dire, c'est qu'ils ne respirent pas la gaieté. Je remonte ensuite une allée, entre une double rangée de conifères masquant les terrains de golf. Au bout du chemin se dresse le complexe hôtelier tout de bois et de pierre, construit sur le modèle des chalets vosgiens.

Une constatation s'impose : le gardien n'a pas menti. Une grille barre l'accès au hall. La placette de dépose-minute est déserte. Pas un client, pas une seule voiturette de golf dans les parages. À quelques jours de Noël, les façades devraient crouler sous les décorations. Je n'en vois aucune. Et où sont passés le sapin *ad hoc*, ses guirlandes et ses boules ?

La situation est plutôt déroutante, mais il n'y a pas matière à s'inquiéter. Lorraine ne m'a-t-elle pas dit que le complexe serait fermé au public, de sorte que nous disposerions de tout l'espace pour accueillir ses invités ? Je ne pensais simplement pas qu'il le serait si tôt.

Rassérénée, je contourne les installations hôtelières et m'enfonce dans un bois. C'est au milieu de grands sapins que se cache le manoir des Hartmann. Conçue dans le plus pur style victorien, la bâtisse blanche à deux étages surprend. On ne s'attend pas à trouver, en plein cœur de l'Alsace, ce débordement d'éléments architecturaux pompeux. Tourelles, colonnes, oriels, balcons et corniches moulurées foisonnent.

Je gare ma Twingo à côté d'un SUV noir imposant, ce qui alimente davantage mon complexe d'infériorité. Moins d'une minute plus tard, je m'avance sur le perron. Une couronne de branches de sapin est placardée dessus. Trois des quatre bougies électriques rouges qui l'ornent sont allumées. Cette couronne de l'Avent me rappelle combien le temps est compté, car lorsque, dimanche, la dernière bougie s'allumera, je disposerai de moins d'une semaine pour boucler mon affaire.

Secouée par un frisson d'angoisse, j'actionne la sonnette. Des anges passent, un pigeon roucoule, le froid s'insinue dans mes veines, j'ai des fourmis plein les jambes à force de jouer les plantons.

Finalement, Rodolph, le majordome des Hartmann, m'ouvre la porte. D'aussi loin que je me souvienne, il a toujours travaillé ici. Il fait partie des meubles, en quelque sorte. Flottant dans sa livrée noire aux coutures galonnées d'or, il me paraît plus maigre, plus voûté et plus dégarni qu'avant. Il ne reste qu'une mèche blanche sur son crâne tout en longueur. Ô miracle, il tient encore debout.

Me fixant de ses petits yeux, il grimace, ce qui multiplie les rides sur ses joues parcheminées. Il n'a pas l'air de me reconnaître. Aurais-je été effacée de sa mémoire ?

— Qui va là ? me demande-t-il d'une voix de stentor qui ne s'harmonise guère avec son apparence chétive.

— Bonjour, Rodolph. C'est moi, Amandine Schmitt, l'amie de Lorraine. Je suis chargée d'organiser son mariage et donc...

— Un mariage ? Quel mariage ? me coupe-t-il.

— Celui de Lorraine...

— Nous n'hébergeons aucune Lorraine ici.

Et mince ! Autant discuter avec un réverbère.

— Pourrais-je parler au maître de maison ? improvisé-je, optant pour une autre approche.

— Montrez-moi d'abord votre pass sanitaire.

— Pardon ? m'écrié-je.

— Votre certificat de vaccination. Moi vivant, la Covid ne franchira pas le seuil de cette demeure.

Jusqu'à présent, j'ai gardé patiemment un calme olympien. Je ne garantis rien pour la suite. Heureusement, une voix cristalline de jeune femme s'élève derrière le majordome et interrompt ce dialogue de sourds.

— Allons, Rodolph. Combien de fois va-t-on vous répéter que l'époque de la terreur est terminée ?

— Puis-je suggérer à mademoiselle Odile de laisser cette dame dehors ? insiste le susnommé qui continue de me boucher l'entrée, ainsi que la vue. Il ne faudrait pas que des maladies gâchent vos vacances à la neige.

— Je ne partirai nulle part, grommelle une autre voix, plus fluette. Maman a promis de passer Noël au manoir. Pas vrai, Odile ?

— Mais oui, Clara. Ne te fais pas de soucis, elle viendra.

Odile et Clara ! Ces prénoms ne me sont pas inconnus. Ce sont ceux des sœurs de Lorraine. Elles ne se souviendront pas de moi. Il y a huit ans, la plus âgée jouait à la poupée tandis que la benjamine macérait dans ses couches-culottes. Il n'empêche qu'elles se posent en interlocutrices plus fiables que ce maudit majordome. Je suis sauvée.

— Ohé ! C'est moi, Amandine, l'amie de Lorraine, les interpellé-je.

— Oui, nous sommes au courant, rebondit l'aînée. Nous vous attendions. Vous pouvez nous laisser, Rodolph, nous nous occupons de notre visiteuse.

— Bien, mademoiselle. Mais il est de mon devoir d'avertir votre frère de cette intrusion.

— Ce n'est pas la peine, proteste vigoureusement Clara.

— Allez plutôt nous chercher une collation, riposte sa sœur. Nous serons dans la véranda.

— Je vais prévenir Joséphine pour qu'elle la prépare.

Sur ces mots prononcés sans grand enthousiasme, le vieil homme se met en mouvement. Ses patins de cirage aux pieds, il glisse tel un fantôme sur le parquet. Deux paires d'yeux se rivent alors sur moi. Et j'aperçois ainsi mes sauveuses.

4

Toutes deux vêtues à l'identique d'un jean déchiré, de claquettes et d'un pull-over de Noël – noir pour l'aînée, rouge pour la benjamine –, elles ne se ressemblent guère. Visage poupin mis à part, Odile, seize ans, est la copie presque conforme de Lorraine : une jolie blonde aux yeux bleus qui a poussé l'audace jusqu'à teindre quelques-unes de ses mèches en rose fuchsia. Clara doit avoir dans les dix ans. Plutôt petite, elle paraît toute frêle. Ses cheveux roux en broussaille, ses prunelles vertes étincelantes et ses taches de son laissent présager un caractère rebelle.

Le contraste qu'elles offrent s'explique par le fait qu'elles n'ont pas la même mère. Celle de Lorraine et de Romain s'est éteinte tragiquement à la naissance d'Odile. Après cinq années de veuvage, leur père a épousé en secondes noces le mannequin vedette d'une grande marque de cosmétiques. Clara est le fruit de leur union. Hélas, le destin ne s'est pas montré clément avec la fratrie. Deux ans après cet heureux événement, leur père est mort, laissant trois orphelins. Seule Clara a encore sa mère. Mais d'après ce qui se raconte, celle-ci est toujours par monts et par vaux. On ne la voit pas souvent au manoir.

— Je suis sûre que Rodolph est parti faire une sieste, pouffe Clara, une main sur la bouche pour cacher son appareil dentaire.

— On pourra toujours s'accrocher pour avoir notre goûter ! ricane sa demi-sœur avant de s'adresser à moi en chuchotant. Lorraine nous a expliqué qu'elle souhaitait avancer la date de son mariage. Nous, on trouve ça super qu'il ait lieu en même temps que Noël. Le problème, c'est que notre frère n'est pas encore au courant.

— Effectivement, c'est gênant, acquiescé-je tout bas.

— Il veut qu'on passe les fêtes de fin d'année dans notre chalet du lac Blanc. Mais moi, je n'en ai pas envie, maugrée Clara, le menton capricieusement relevé. Maman n'acceptera jamais d'y aller. Elle déteste la neige.

— Pareil pour moi, renchérit Odile. Et puis, on s'ennuie à cent sous de l'heure, là-bas. C'est l'enterrement de première.

— Ah ! C'est très embêtant, fais-je tout en me balançant d'un pied sur l'autre.

— Mais entrez donc, vous n'allez pas rester dans le froid, me lance Odile, qui a enfin remarqué que j'étais frigorifiée. Nous en discuterons à l'intérieur.

Dans toute bonne maison alsacienne qui se respecte, on pénètre toujours dans une *stub*, cette vaste pièce qui sert à la fois de cuisine, de salon et de salle à manger. Autrefois, elle seule était chauffée en hiver grâce à un gros poêle en faïence appelé *kachelofe*. Ici, rien de tout ça, puisque je suis introduite dans un hall en rotonde coiffé d'un dôme imposant et à peine éclairé par un énorme lustre à pampilles. De peur qu'il ne s'écrase sur moi, je veille à ne pas passer dessous.

Rien n'a changé depuis ma dernière visite. La décoration est toujours aussi austère et vieillotte, avec ses colonnes de marbre sur le pourtour du vestibule, ses armures en pied médiévales et ses tableaux de chasse. Triste Noël qui se prépare là ! Cette pensée n'a pas effleuré mon esprit que le majordome surgit devant moi avec une rapidité étonnante au vu de son grand âge.

— Vos patins... Mettez-les, m'ordonne-t-il de sa voix tonitruante.

Il me tend une paire de patins de cirage, que je chausse à contrecœur. Traînant les pieds, je suis les deux filles dans des couloirs sombres. Une lourde odeur d'encaustique flotte. Les meubles, les boiseries, les plafonds que j'aperçois par la dizaine de portes entrouvertes sont encore plus sinistres que dans mes souvenirs. On ne doit pas rigoler tous les jours, sous ce toit. En comparaison, un hypogée égyptien est plus accueillant.

À ma grande surprise, nous débouchons dans une vaste véranda dont l'atmosphère chaleureuse et festive contraste avec la froideur de la maison. Du temps où je fréquentais les lieux, elle n'existait pas. Un salon de jardin en osier la garnit. Outre les plantes en pot qui y abondent – dont ces fameux poinsettias à feuilles rouge vif –, on trouve un petit sapin naturel décoré. Guirlandes métalliques et figurines à suspendre se disputent les airs tandis que des cœurs – motifs porte-bonheur par excellence en Alsace – se déclinent sur divers supports. Filtrant à travers des vitraux colorés, le soleil de l'après-midi éclabousse le parquet de taches jaunes, orange et rouges, et apporte sa touche de gaieté.

— C'est notre jardin secret, déclare Odile. Romain n'y vient presque jamais. On aura la paix.

Tandis qu'elle s'approche d'un mini-réfrigérateur et en sort des canettes de soda, sa demi-sœur s'assied derrière une batterie. Avec toute la spontanéité et l'inconscience dont les enfants sont capables, elle se met à frapper frénétiquement sur les tambours, la grosse caisse et les cymbales. Le tintamarre qui en résulte est affreux. J'en tremble d'épouvante.

— Arrête ça immédiatement ! hurle son aînée, qui se précipite sur elle pour lui arracher ses baguettes. Tu nous casses les oreilles.

— Pff ! Personne n'apprécie ma musique dans cette maison.

— Ce n'est pas de la musique, c'est une cacophonie. Il faudrait être sourd pour supporter ça.

— Moi, j'aime bien ton esprit créatif, hasardé-je, carrément faux jeton.

— Maman aussi adore.

— Sauf qu'elle n'est jamais là pour t'écouter, persifle Odile, un brin sadique.

— Elle viendrait me voir plus souvent si Romain ne la faisait pas fuir, soupire Clara.

— Maintenant que c'est plus calme, on va enfin discuter du mariage de Lorraine, enchaîne Odile sans s'appesantir sur les propos de la benjamine.

Nous nous installons à une table ronde en rotin, devant une baie vitrée qui donne sur la forêt. La mine boudeuse, Clara plonge le nez dans sa canette de Coca-Cola. Son aînée en profite pour ouvrir les vannes.

— Alors, voilà la situation : Lorraine nous avait chargées d'annoncer à Romain qu'elle avançait son mariage. On aurait bien aimé le faire, mais il y a eu – comme qui dirait – des petits imprévus...

— De quoi tu parles ? lui demande sa cadette, cachant sa malice sous un air faussement innocent. Celui où Romain t'a surprise en train de fumer, ou quand tu embrassais ton copain sur la bouche ? Beurk, trop dégueu !

— Et si on s'intéressait plutôt à tes solos de batterie ? Plus spécialement à celui de dimanche dernier, à sept heures du matin ! Tu as réveillé toute la maisonnée. Romain n'était pas content. Du coup, il ne veut plus nous adresser la parole. Par ta faute, nous sommes condamnées à l'exil dans un trou à rats, au beau milieu des Vosges. Je ne pourrai plus voir mon petit ami.

— Et moi, maman !

— On a besoin de votre aide, Amandine, conclut Odile, à bout de souffle. Vous devez expliquer la situation à notre frère.

— Pitié, dites oui, ajoute Clara, l'œil suppliant. Il faut que quelqu'un raisonne Romain.

Me voilà plongée au cœur d'une crise familiale. Pour information, il n'y a pas écrit « médiateur » sur mon front.

— Si je pouvais vous aider, je le ferais volontiers, louvoyé-je. Mais votre frère n'est pas mon client. Dans l'absolu, mon unique interlocutrice devrait être Lorraine, vous comprenez ?

— Mais comme c'est Romain qui finance toutes les dépenses de ma sœur, c'est un peu comme si c'était lui votre client, susurre Odile, moqueuse.

— Bien vu ! applaudit Clara.

Mince. Elle a raison : Lorraine ne gagne pas encore sa vie. Elle s'est lancée dans une carrière d'artiste peintre, mais pour l'heure, elle ne rencontre pas beaucoup de succès.

— Vous oubliez Gilles, dégainé-je, en proie à une soudaine inspiration. Étant donné que c'est lui le futur marié, il a peut-être son mot à dire. Pourquoi ne se chargerait-il pas de discuter avec votre frère ?

— Ils ne peuvent pas s'encaisser, tous les deux, réplique aussi sec Odile.

Décidément, cette gamine ne manque pas de munitions. Je n'en ai plus une seule.

— Vous avez peur de Romain, pas vrai ? persifle-t-elle.

— Normal, il nous terrorise tous, se plaint Clara.

— Mais pas du tout...

Au moment où je m'apprête à prétendre le contraire, un beuglement retentit et trouble la quiétude des lieux. Tout de suite après, une voix rocailleuse tonne :

— Qu'est-ce que j'apprends ? Vous avez fait entrer un hamster ? Combien de fois vais-je vous le répéter : je ne veux pas d'animaux dans cette maison...

La voix s'interrompt net lorsque son propriétaire pénètre dans la véranda et m'aperçoit.

Quand on parle du grand méchant loup...

5

Romain Hartmann s'est matérialisé à quelques mètres de nous. En chair et en os, et l'air ahuri. Ses yeux d'un bleu outremer, écarquillés par la surprise, se sont rivés aux miens.

— Mais on n'a pas de hamster, s'offusque Clara.

Trop occupé à me dévisager du haut de son mètre quatre-vingts, son demi-frère ne lui répond pas. Il ne réagit pas davantage quand le majordome le dépasse et dépose sur la table un plateau garni de thé et de *bredele* à la confiture de fraises.

— *Tea is ready*[1] *!* déclame Rodolph avec un accent français à couper au couteau.

— C'est vous qui avez inventé cette histoire de hamster ? lui demande Odile, fâchée. Je ne vous félicite pas.

— Il faut toujours appeler les choses par leurs noms. C'est une marque de respect.

1. « Le thé est prêt » en anglais. *(N.d.A.)*

Maudit bonhomme ! Tout bien réfléchi, il n'est pas sénile, il m'avait reconnue. Il a même retenu l'affreux sobriquet dont son patron m'affublait par le passé.

Je reporte mon attention sur ce dernier. Lequel continue de me regarder avec insistance. De deux ans mon aîné, il a des cheveux blonds mi-longs, peignés avec soin vers l'arrière, des pommettes hautes, un teint hâlé et un nez légèrement aquilin. Son ascendance aristocratique lui confère une allure forte et fière qui émerveillait mes camarades de lycée. Pas moi ! Certes, il compte parmi ses lointains aïeux un comte de la maison des Habsbourg, mais ce pedigree ne m'a jamais impressionnée.

Pour mieux m'en convaincre, je quitte ma chaise et, carrant les épaules, patine à sa rencontre. Mince alors ! Il est encore plus... athlétique et moins... moche que dans mes souvenirs.

— Amandine ? C'est toi ? lâche-t-il, ouvrant et fermant la bouche comme un poisson hors de l'eau. Tu... Vous êtes plus... moins...

— Plus femme et moins hamster, revendiqué-je, dressée sur mes ergots.

— Oui, c'est tout à fait ça, acquiesce-t-il avec un petit rire de gorge aussitôt réprimé. Mais trêve de compliments : que faites-vous ici ? Lorraine n'habite plus chez nous, vous l'ignoriez ?

— Elle veut te parler de son mariage, intervient Clara, venue se planter entre nous.

— Vous… vous vous mariez ? me demande Romain, le sourcil haussé. Je n'étais pas au courant.

— Mais non, c'est de Lorraine qu'il est question, souffle bruyamment Odile, qui est restée assise. Allez-y, Amandine, dites-lui.

— Me dire quoi ?

Bim ! La patate chaude a été sortie du four, je l'ai reçue en pleine poire. À moi de m'en dépêtrer ! Et si je la renvoyais à l'expéditrice et m'enfuyais en courant… Mais il y a ce mariage à organiser, ce travail m'incombe. Et puis, je ne peux tout de même pas abandonner mon amie à seulement dix jours de l'échéance ; elle compte sur moi. D'un autre côté, je n'ai pas envie de me colleter avec un grincheux. Que faire ?

— Je vous écoute, Amandine, reprend Romain, voyant que le silence s'éternise. Rodolph, cessez de remuer, vous empêchez notre invitée de se concentrer.

Du coin de l'œil, j'aperçois le majordome en train d'agiter un plumeau sur un ficus en pot.

— Il faut bien que quelqu'un fasse le ménage dans cette maison, grogne l'intéressé, toujours affairé.

— Et vous, Odile et Clara, montez dans vos chambres et bouclez vos valises, les somme leur frère avant de regarder sa montre. On lève le camp dans deux heures.

— On n'ira nulle part, s'insurge Clara, partie s'installer derrière sa batterie.

— S'il vous plaît, Amandine, expliquez-lui pourquoi on ne doit pas quitter cette maison, renchérit son aînée.

Jusqu'à présent, je suis restée raide comme une statue en plâtre, et probablement aussi pâle. Ma rencontre avec le maître des lieux m'a quelque peu ébranlée. Le souvenir cuisant de ces années où il m'appelait le *kornferkel* me tourmente encore. Bien évidemment, je rendais coup pour coup. Lui aussi avait droit à de charmants surnoms, *sürkrütbrauj*[1] ou d'autres amabilités dans le genre. Mais je ne pense pas que ceux dont je le gratifiais lui aient causé autant de mal que le sien m'en a fait.

— Dites-moi tout, Amandine, s'agace-t-il.

Revêtant mon armure mentale – depuis mes patins de cirage jusqu'à mes boucles brunes –, j'inspire profondément, puis me lance :

— Lorraine m'a engagée pour organiser son mariage qui...

— Vous, une *wedding planner* ? C'est la meilleure de l'année ! ricane-t-il. Je croyais que vous vous destiniez à une carrière d'égyptologue. Les vieilles momies, c'est plus votre truc, non ?

Piquée au vif, je sors de mon sac à main mes cartes de visite et lui en tends une.

— Maât Event, lit-il avec un sourire narquois. Jamais entendu parler.

---

1. « Jus de choucroute » en alsacien. *(N.d.A.)*

— Moi non plus, lâche le majordome, à qui je rabattrais volontiers le caquet.

— J'ai créé mon entreprise il y a trois ans, et elle remporte un véritable succès.

Ting ! Un coup de cymbale ponctue mes propos et me fait sursauter. Odile avait pourtant confisqué les baguettes à sa sœur. À l'évidence, la benjamine possédait un jeu de rechange.

— Clara, arrête immédiatement ce boucan, tu sais que je n'aime pas ça, la rembarre son frère. Odile et toi n'avez plus rien à faire ici. Regagnez vos chambres. Je veux voir vos valises dans la rotonde avant seize heures. Rodolph, vous avez soulevé assez de poussière pour aujourd'hui. Occupez-vous plutôt de charger les skis sur le toit du Range Rover. Quant à vous, Amandine, je ne vous retiens pas. Je suis heureux d'apprendre que, grâce au mariage d'une Hartmann, vous accroîtrez votre renommée dans le métier, mais des affaires urgentes m'appellent ailleurs. Des vacances à la neige bien méritées.

Se frottant les mains avec satisfaction, il pivote sur ses talons.

Ah, ah ! Monsieur a décoché ses petites flèches assassines contre la terre entière. Drapé dans sa vertu héroïque, il se retire. Je m'en vais mettre une peau de banane sous ses pieds.

— J'ai bien peur que ce ne soit pas possible. Vous allez devoir reporter vos chères vacances, persiflé-je.

Ting ! fait Clara, frappant avec élégance sur une cymbale.

— Plaît-il ?! s'exclame Romain, qui pile net sur le seuil de la véranda.

Tandis qu'il se tourne vers moi, un roulement de tambour excellemment exécuté par sa demi-sœur meuble le silence. La tension monte d'un cran.

— Lorraine et Gilles se marieront le 24 décembre dans votre country club, lui annoncé-je. Les invitations ont déjà été envoyées. On ne peut plus reculer.

Ting !

— Voilà ! Donc, on reste ici pour Noël, rebondit Odile.

— Et maman dormira au manoir pendant les fêtes, ajoute Clara, guillerette.

Ting !

— Monsieur se sent mal ? s'immisce Rodolph, qui s'est approché de nous. Dois-je lui apporter ses gouttes de valériane pour calmer ses nerfs ?

— Dehors ! hurle Romain, blême de fureur. Tout le monde dehors... Sauf vous, Amandine.

— Pas la peine de crier. Je ne suis pas sourd, maugrée Rodolph, avant de prendre la poudre d'escampette pour échapper au courroux de son patron.

L'instant d'après, Clara et Odile lui emboîtent le pas, non sans avoir levé le poing ou brandi deux doigts écartés en signe de victoire. Je me retrouve seule avec leur frère. Et zut !

6

Tandis que Romain accompagne tout ce petit monde des yeux, je passe ma tenue en revue. Une doudoune d'un vert fané, un pantalon noir, un chemisier blanc, des bottines usées et ces affreux patins de cirage. Je me néglige. Depuis combien de temps n'ai-je pas mis les pieds chez un coiffeur ? Mes cheveux d'un brun terne frisottent. Je tapote mon crâne pour les domestiquer. Avant de quitter mon appartement tout à l'heure, je me suis tout de même maquillée. Pourvu que mon mascara n'ait pas coulé.

J'en suis encore à me demander si je ne devrais pas inspecter mon reflet dans un miroir de poche lorsque Romain pivote vers moi. Il me fixe avec une telle férocité que j'en viens à trembler dans mes chaussettes.

— Ras le bol des caprices de ces demoiselles !

Ces mots ont fusé en sifflant à travers ses dents serrées.

— Vouloir se marier au plus vite n'a rien d'extravagant, le contré-je, rassemblant mon courage pour soutenir son regard assombri par la colère. Lorraine et Gilles sont très épris l'un de l'autre. Il est tout à fait normal qu'ils aient hâte de s'unir.

— J'aimerais bien savoir ce qu'elle lui trouve, à ce raseur.

— Eh bien, pour commencer, c'est un homme attentionné, gentil. Il ne lui viendrait jamais à l'idée de se moquer de son prochain.

— Non, mais vous plaisantez ? se récrie Romain, levant les yeux au ciel. Je ne connais pas d'individu plus pédant que lui. Toujours en train d'étaler sa science et de rabrouer les autres pour le plaisir.

— Moi, je le trouve très intelligent...

— Im-bu-va-ble !

— Vous n'êtes qu'un jaloux, rétorqué-je. En tout cas, je ne l'ai jamais entendu traiter quelqu'un de hamster ou de quoi que ce soit de désobligeant.

— Parce que personne ne l'a jamais taxé de face de pizza desséchée ! *Üssgedregeldi pizza frotz* : ça ne vous rappellerait rien, par hasard ?

Là-dessus, il pointe un doigt accusateur dans ma direction. C'est donc un autre des qualificatifs grossiers que j'utilisais pour me venger de ses railleries. Heureuse de l'apprendre, je ne m'en souvenais plus.

— Ah, ah ! Vous n'avez rien à répliquer à ça : je vous ai cloué le bec, ma chère Amandine.

— Pas du tout, mon cher Romain. Sachez que ma réponse est déjà toute prête, mais je me dois de rester professionnelle et de ne pas laisser notre conversation déraper. Je suis ici pour vous parler du mariage de Lorraine, votre sœur bien-aimée. Comme je vous l'ai expliqué un peu plus tôt, il se célébrera dans votre country club. Nous avons en effet pensé que vos installations hôtelières offraient les capacités d'accueil adéquates. La date du 24 décembre a été arrêtée. Encore une fois et au risque de me répéter, je tiens à souligner que les invitations sont déjà parties. Nous ne pourrons pas revenir en arrière. Et puis, quoi de plus magique qu'un mariage à Noël ? Ce sera l'occasion de réunir famille et amis au cours d'un moment mémorable. En prime, l'agence événementielle la plus sérieuse de la région – la mienne – organisera ces noces merveilleuses...

— Stop ! gronde Romain, brandissant une main dans le but de me faire taire. Épargnez-moi votre bla-bla commercial tout droit sorti de vos plaquettes publicitaires à la noix, et retenez bien la leçon : il n'y aura pas de mariage avant le samedi 14 janvier, date initialement prévue. Et puisque Lorraine vous a chargée de jouer les intermédiaires, allez de ce pas le lui répéter.

— Vous m'en voyez désolée, mais je n'en ferai rien, objecté-je, remontée à bloc. Lorraine est ma meilleure amie, il est hors de question que je la déçoive. Son mariage aura lieu le 24 décembre. Un point, c'est tout.

— Sauf que le country club m'appartient. C'est moi qui l'administre. Donc si je vous annonce qu'il demeurera fermé pendant les fêtes de fin d'année, c'est qu'il en sera ainsi. Tout a été dit, je n'ai plus rien à ajouter.

— Doit-on en déduire que vous avez été blessé dans votre fierté de mâle dominant ?

— Gardez votre psychologie de comptoir pour vos momies, grince-t-il. Je n'ai tout simplement pas envie d'annuler mes vacances au ski.

— Quel égoïsme !

— Moi ? Un égoïste ?

Les poings crispés, il expire bruyamment. Ses yeux me jettent des éclairs de pure haine. Même pas peur !

— Parfaitement. Comment osez-vous ruiner le plus beau jour de la vie de Lorraine pour un misérable séjour à la neige ?

— Deux ans que je les attends, ces vacances ! Deux ans ! explose-t-il, tremblant de rage. Huit ans que je trime sans relâche pour que mes sœurs dorment dans des draps de soie ! Et là, Lorraine vient tout flanquer par terre. Pour ce con de... Elle... Il... Je...

— Cessez de postillonner.

— Je postillonne si je veux, je suis chez moi.

— Et vous y resterez, seul comme un poisson rouge dans son bocal, parce que Lorraine se mariera le 24 décembre, avec ou sans vous. Et si vous préférez partir skier, j'organiserai les festivités ailleurs. Je suis persuadée qu'un de vos concurrents sera enchanté de nous accueillir. À Mulhouse, Strasbourg ou pourquoi pas en Suisse.

Tout en marmonnant dans sa barbe, Romain se met à faire les cent pas dans la véranda. Des bribes de jurons me parviennent. Heureusement pour lui, le mot « *kornferkel* » ne figure pas au tableau. Car étant donné mon humeur, je serais bien capable de lui démonter le portrait.

Soudain, il s'immobilise, avec une espèce de rictus sardonique en travers de son visage aux traits anguleux.

— Ils ne vous accepteront pas. Jamais. Ils sont complets pour les fêtes, m'annonce-t-il, sûr de son fait.

— Ne me sous-estimez pas. Je n'aurai aucun mal à trouver un établissement en temps et en heure. Un château, un hôtel ou un restaurant. Le mariage de Lorraine se déroulera bien le 24 décembre, et tout le monde saura que son frère, lointain descendant de la maison des Habsbourg, préfère aller skier plutôt que d'assister à ses noces.

— Vous ne pouvez pas faire ça, proteste-t-il, visiblement contrarié.

— Oh que si ! Je ne m'en priverai pas.

Nous demeurons un long moment à nous regarder en chiens de faïence. Loin d'éprouver l'assurance affichée, je sens le doute m'envahir. Aurais-je perdu la partie ? Vais-je repartir bredouille ? Contre toute attente, Romain se dégonfle le premier.

— Vous avez gagné.

J'étouffe un soupir de soulagement, mais ne peux réprimer un sourire triomphant.

— Oh là ! Ne vous réjouissez pas trop vite, Amandine, continue-t-il d'un ton péremptoire. Ce mariage se fera, certes, mais uniquement sous mon étroite supervision.

— Comment ça : « sous votre étroite supervision » ? Vous plaisantez, j'espère.

— Oh que non, je n'ai jamais été aussi sérieux ! Je veux tout surveiller, depuis le plus insignifiant angelot sur le sapin jusqu'à la constitution des bouquets.

— Pour information : les sous-vêtements du marié ont déjà été achetés, riposté-je, recouvrant ma verve sarcastique et mon esprit frondeur.

— Ah, ah ! Très spirituel. C'est d'accord, je ne m'occuperai pas des slibards de l'autre pédant, mais j'aurai un droit de regard sur tout le reste. En somme, vous travaillerez sous mes ordres. Pour être encore plus clair, vous serez mon employée.

— Il n'en est pas question. Je ne reçois d'instructions que de Lorraine ou de Gilles.

— Vous croyez que ce sont eux qui régleront l'addition ? ricane-t-il. Ma sœur est fauchée comme les blés. Et ce n'est pas avec son misérable salaire de professeur d'université que l'autre gus payera les excentricités de sa future épouse.

— Je veux bien admettre que vous deveniez mon client, puisque vous acquitterez la facture, mais il n'empêche que je n'ai pas besoin de vous pour organiser les festivités. Je connais mon métier.

— Il se trouve que je suis un client exigeant. Mes fournisseurs le savent, et vous-même l'apprendrez très vite. Donc, vous œuvrerez sous mon autorité. Pour commencer, vous vous installerez au manoir dès ce soir...

— Mais..., m'insurgé-je, prise au dépourvu.

— Il n'y a pas de « mais » qui tienne. Je veux vous avoir à l'œil jusqu'au jour J. C'est ainsi, il n'y a pas à discuter.

— Et vos vacances au ski ? s'enquiert la voix retentissante du majordome depuis le couloir.

— Annulées, grince son patron.

Des gloussements de joie nous parviennent en sourdine, preuve que ni Clara ni Odile n'ont regagné leurs chambres. Il semblerait que ma discussion avec leur frère ait été suivie avec beaucoup d'attention. Alors que ce dernier donne des ordres aux uns et aux autres – décidément, il adore ça –, j'étudie l'état d'avancement de mon dossier.

Faisabilité : tous les feux sont au vert.

Conditions d'exécution : très, très difficiles.

Humeur du client : massacrante.

Dans l'immédiat, je ferais mieux de ne pas trop le contrarier. C'est OK : j'emménagerai chez lui. Il ne s'agira que de quelques jours. Je serai tellement surchargée de travail que je ne verrai pas le temps passer. Et tandis que Romain croira me tenir sous sa férule, je me débrouillerai pour lui faire accepter mes idées.

7

De retour chez moi, je fais mes bagages, sans oublier mes outils de travail et Louise – une poupée peluche alsacienne avec laquelle je dors. Puis j'entasse le tout dans le coffre de ma Twingo.

Seize heures trente. La nuit est en train de tomber lorsque je reprends la route. Un froid mordant a resserré son étau sur Colmar et ses environs, de sorte que mon moteur toussote sans cesse et qu'il gèle à pierre fendre dans l'habitacle. Peut-être neigera-t-il à Noël ? Le mariage de Lorraine n'en serait que plus féerique. C'est peu probable, mais cela ne coûte rien d'espérer.

Tandis que j'emprunte la bretelle de sortie de l'A35 pour m'engager sur la départementale menant au manoir des Hartmann, la sonnerie de mon smartphone retentit. C'est encore Lorraine qui m'appelle.

Depuis mon départ du country club, elle m'a téléphoné une bonne dizaine de fois et a laissé tout autant de messages sur ma boîte vocale. Furieuse contre la terre entière, je les ai ignorés. Je n'allais tout de même pas déverser ma colère sur ma meilleure amie. Et pourtant, elle ne l'aurait pas volé. Ses décisions impulsives m'ont mise dans une situation plus qu'inconfortable.

Désormais calmée, j'accepte enfin de lui répondre avec le kit mains libres.

— Oh, merci ! Merci infiniment, Amandine ! s'exclame-t-elle d'un accent ému. Grâce à toi, Gilles et moi nous marierons à Noël. C'est merveilleux : tu as réussi un tour de force en convainquant mon frère. Je n'y serais jamais arrivée sans toi.

— Qui t'a mise au courant ? Clara ? Odile ? Elles étaient de mèche avec toi, n'est-ce pas ? la bombardé-je de questions.

— Plutôt, oui ! Un travail d'équipe s'imposait. Romain se montre si têtu, parfois.

— Merci, j'ai eu l'occasion de m'en rendre compte.

— Mes sœurs m'ont dit que tu dormirais au manoir. Tu as bien fait d'accepter. Ce sera plus simple pour organiser le mariage dans les temps.

— Justement, je suis en chemin, maugréé-je, d'humeur maussade.

La perspective de retrouver mes patins de cirage attitrés et le tyrannique maître de maison ne m'emplit pas de joie. J'aurais plutôt envie de pleurer.

— Oh ! Dans ce cas, je raccroche. Ce n'est pas très prudent de téléphoner en conduisant. Je passerai te voir. Demain ou même...

Lorraine n'a pas terminé que la communication se coupe, et ce, avant que j'aie pu l'informer des risques de ne pas me trouver. Je n'exclus pas la possibilité de me barricader dans ma chambre jusqu'à lundi matin. Par pures représailles !

Arrivée devant le portail du domaine, j'ai la bonne surprise de le voir coulisser tout seul, sans qu'il soit nécessaire de parlementer dans le froid. De toute évidence, le gardien s'attendait à ce que je revienne.

Une fois garée, je n'ai pas mis un pied dehors que la porte d'entrée s'ouvre à la volée. Deux silhouettes sombres – une grande et une petite – accourent à ma rencontre. Alors qu'elles tambourinent sur mon hayon arrière, je reconnais Clara et Odile.

— C'est pour aujourd'hui ou pour demain ? rouspète la benjamine, comme je tarde à déverrouiller le coffre.

— Arrête de râler, la rembarre son aînée. Tu devrais plutôt remercier Amandine de nous avoir sauvées de la réclusion forcée.

Mes bagages récupérés, elles disparaissent aussi vite qu'elles avaient surgi. Mon cabas sous le bras, je les suis à l'intérieur, où un Rodolph particulièrement tracassier m'attend, des patins de cirage à la main. Dans l'instant, j'extirpe de mon sac une paire de pantoufles fourrées, ainsi que mon carnet de santé.

— Désolée, Rodolph, mais j'ai déjà ce qu'il faut. Et tant que vous y êtes, vérifiez mes vaccins : ils sont à jour.

— Laissez-moi voir ça.

Ce disant, il enfile des lunettes à verres épais, puis se penche en avant pour inspecter les pièces à conviction. Un imperceptible sourire s'esquisse sur son visage fripé, mais s'efface presque aussitôt.

— C'est parfait, décrète-t-il, redressant fièrement la tête. Vous pouvez passer. Vous séjournerez au premier étage, dans la chambre jaune que j'ai préparée spécialement pour vous. Le dîner sera servi à vingt heures. Soyez ponctuelle, le maître y tient beaucoup.

— Merci, Rodolph.

— Je vous en prie, mademoiselle Amandine. Entre gens qui partagent les mêmes valeurs, nous nous comprenons.

Sur ces paroles sibyllines, il s'incline très bas, replace sur son crâne oblong sa mèche de cheveux blancs et se retire en arborant un rictus satisfait qui me laisse perplexe. Aurais-je amadoué ce fichu bonhomme ? Je ne m'en serais jamais crue capable, je m'épate ! Qui sait, peut-être en ferai-je autant avec Romain ?

— Rejoignez-nous, Amandine, me lance Odile, depuis le haut d'un monumental escalier en fer à cheval. On a monté vos bagages...

— Et on n'a rien cassé, ajoute sa demi-sœur.

C'est ainsi que, chaussée de mes pantoufles, je gagne la chambre qui m'a été assignée. Une pièce qui mérite bien son nom. Une tapisserie à rayures jaunes et blanches orne les murs et s'harmonise avec les courtines couleur jonquille du baldaquin. J'aurais bien aimé m'isoler et prendre une douche avant le repas du soir, mais Clara et Odile insistent pour ranger mes affaires dans la penderie et les tiroirs de la commode. Leur bonne humeur finit par me gagner, et je me surprends à rire de leurs remarques taquines sur la ringardise de mes vêtements. Ma poupée Louise aux tresses blondes, en jupe longue rouge, tablier noir et coiffée d'un gros nœud assorti, les amuse beaucoup. Eh quoi ! Il n'y a pas d'âge pour dormir avec un doudou.

Mais bientôt, nous ne sommes plus seules :

— Bonsoir, Amandine. Est-ce que votre chambre vous plaît ?

En reconnaissant la voix de Romain, je tressaille involontairement. Il est apparu dans l'encadrement de la porte restée ouverte. Son front plissé, ses mains derrière le dos indiquent une gêne qu'il n'essaie même pas de cacher. Je suis bien aise que Louise ait été rangée sous mon édredon. Quelle honte intersidérale s'il la voyait !

— Cette chambre est magnifique, répliqué-je, sincère. Vous m'avez gâtée.

— C'est la moindre des choses. J'espère que vous vous y sentirez bien...

Comme ses sœurs se mettent à glousser, il se raidit et s'empresse d'ajouter :

— Votre travail n'en sera que meilleur. Dites-moi, les filles, vous n'auriez pas des devoirs à faire ?

— Si, mais...

— Filez dans vos chambres, gronde-t-il, leur faisant les gros yeux.

— Mais on est en vacances… On a encore deux semaines avant de retourner à l'école… Ce n'est pas juste…, protestent-elles de concert.

Malgré tout, elles obéissent et se dirigent vers la sortie, penaudes. Mais à peine ont-elles quitté la pièce qu'elles reprennent du poil de la bête et éclatent de rire.

— Et je ne veux rien entendre ! les sermonne leur frère.

Le silence retombé, Romain et moi demeurons immobiles. Moi, embarrassée par mon piètre accoutrement. Lui, se balançant d'un pied sur l'autre.

— Bon, je…, commencé-je.

— Et moi, je…, rebondit-il.

— Il faut que…

— Oui, vous devez… Je comprends… Tenez !

Brusquement, il sort les mains de derrière son dos et me tend un bouquet. Intriguée, je baisse les yeux pour l'observer. Des pivoines roses ! Prudence, ne pas s'approcher. Autant éviter que mon allergie aux fleurs ne se réveille.

— Je vous ai apporté ces fleurs en gage de réconciliation, débite-t-il à toute vitesse.

— Ah !

— Si nous voulons faire du bon travail et organiser un beau mariage pour Lorraine, nous devons oublier toutes ces histoires de jeunesse…

— Lesquelles ? le coupé-je naïvement, avant de comprendre de quoi il retourne.

— Eh bien ! L'époque où vous me traitiez de face de pizza desséchée, par exemple.

— Pourquoi ne pas plutôt évoquer celle où vous me compariez à un hamster ?

— Ce n'était pas une insulte. En règle générale, je trouve ces animaux très mignons.

— Sauf peut-être quand ils font des réserves pour l'hiver et se gavent d'aliments ! Autant vous prévenir, mes joues n'ont rien de commun avec les leurs, affirmé-je, tout en tapotant le bas de mon visage.

— Minute, attendez ! Vous... vous croyiez que je riais de vos joues ? lâche-t-il, les yeux écarquillés. C'est vrai que vous étiez plutôt joufflue à l'époque. Mais jamais je ne me serais moqué de votre apparence, quelle qu'elle soit. En réalité, je faisais référence à la ressemblance existant entre vos piaillements et les couinements stridents du hamster.

— Mes piaillements ?

— Avouez que vous aviez une voix insupportable lorsque vous étiez plus jeune.

— Personne... ne m'a jamais rien dit... de tel..., balbutié-je, estomaquée.

— Eh bien, on aurait dû ! Lorraine et vous me cassiez les oreilles à longueur de temps avec vos bavardages. Heureusement que vos voix ont mué. Tenez, c'est pour vous !

Il s'avance vers moi et met le bouquet sous mon nez. Troublée par ses révélations, j'oublie de reculer.

Grossière erreur, car subitement, un éternuement m'échappe. Puis deux.

— Je suis désol...

Une salve d'éternuements me coupe la parole. Elle est si violente que, les narines en feu, je me plie en deux. Fichue allergie ! Un mouchoir apparaît dans mon champ de vision. Les yeux embués de larmes, j'essaie de le récupérer, mais ne réussis qu'à agripper des pétales, des pétales et encore des pétales. Ce n'est qu'après de nombreuses tentatives infructueuses que j'attrape le mouchoir et le plaque sur mon nez.

— Quel accueil ! raille Romain, une fois ma crise calmée.

— Je suis désolée... Le bouquet est détruit, déploré-je, passablement ennuyée par l'ampleur des dégâts.

Des belles pivoines, il ne reste plus que d'affreuses fleurs toutes fripées. Par ma faute, une grande partie des pétales jonche le sol, et les tiges sont cassées. Pour une fois qu'un homme m'offrait un bouquet, je trouve le moyen de le réduire en charpie. C'est ballot !

— Seriez-vous allergique aux pollens, Amandine ? me demande Romain avec sollicitude.

— Hélas, oui. Mais je vous remercie pour ces pivoines. C'était très aimable de votre part.

— Vrai... vraiment ? s'étonne-t-il. Ainsi, pas de paroles blessantes au programme ?

— Nous sommes... entre gens civilisés, bafouillé-je, confuse. Nous devrions parvenir... à nous entendre.

— Oui, je le suppose. En tout cas, je suis heureux que notre coopération commence sous de bons auspices et que...

Un toussotement derrière lui l'interrompt et fait éclater la bulle de gentillesse qui nous enveloppait. En même temps qu'il se tourne vers la source du bruit, je reporte mon attention sur le majordome planté sur le seuil.

— Quoi, encore ? grommelle Romain.

— M. Gilles et votre sœur sont arrivés. Dois-je ajouter deux couverts ?

— Et merde ! Ils ont tous décidé de me pourrir la vie, ou quoi ?

Sans nul doute, sa critique m'englobe aussi. La mine renfrognée, il me fourre son bouquet déplumé dans les mains et s'éloigne en tapant des pieds. Chassez le naturel, il revient au galop !

8

Vous ne pensez tout de même pas que je vais me mêler à la discussion animée qui sévit en bas. Laissons les Hartmann laver leur linge sale en famille. Il sera toujours temps de les rejoindre pour le dîner. À vingt heures précises, tel est le bon vouloir de Romain. Quel drôle de loustic, celui-là !

Ainsi, ce sont mes « piaillements », et non mes joues, qui m'ont attiré ses railleries. Dois-je pour autant arrêter de pratiquer le yoga du visage ? Pour une surprise, c'est une surprise. Je n'en croyais pas mes oreilles. Et que dire de ces fleurs qu'il m'a offertes ? Un gage de réconciliation, a-t-il prétendu. Pour le coup, je me verrais bien enterrer la hache de guerre.

J'abandonne le bouquet en lambeaux dans le couloir et m'enferme à clé. Au programme de cette fin d'après-midi : antihistaminique, douche, puis sieste. Les deux premières étapes accomplies, je m'allonge à côté de Louise. Alors que le sommeil me gagne, on toque à ma porte.

— Amandine ! C'est moi, Lorraine !

À demi assoupie, je vais lui ouvrir. Ce n'est pas une, mais trois personnes qui pénètrent dans la pièce : ma meilleure amie et ses sœurs. Je m'empresse de remettre ma poupée peluche sous l'édredon.

— C'est déjà l'heure de manger ? demandé-je d'une voix pâteuse.

— Pas encore, me répond Odile, partie s'asseoir sur mon lit.

Sautillant à cloche-pied entre les motifs géométriques du tapis, Clara la rejoint quelques instants plus tard.

— Je suis contente que Romain t'ait attribué la chambre jaune. C'est l'une des meilleures, m'explique Lorraine, qui pivote sur elle-même pour balayer la pièce du regard. Il paraît que vous avez fait la paix, mon frère et toi...

— Nous n'étions pas brouillés, contesté-je, de fort mauvaise foi.

— À d'autres ! Tout le monde sait que vous ne vous supportez pas.

— Il lui a offert les pivoines destinées au personnel du chalet, commente la cadette.

— Mais comme on n'ira pas là-bas, ce n'est pas grave, jubile la benjamine.

— C'est trop chou ! applaudit mon amie. Y aurait-il de l'amour dans l'air ?

— Ce sera sans moi, maugréé-je.

— Amandine a mis le bouquet en purée, pouffe Clara.

— Non, sans blague ? s'exclame Lorraine.

— Je ne l'ai pas fait exprès, c'est à cause de mon allergie aux pollens, me justifié-je. Mais ne t'inquiète surtout pas pour tes décorations florales. Je prendrai mes précautions afin de ne pas les saccager.

— Ouf, me voilà rassurée !

— Bon, je vois qu'il reste encore une petite heure avant le dîner, éludé-je, espérant de tout cœur que les trois intruses accepteront de me laisser tranquille.

— Quelle aubaine ! Nous aurons ainsi le temps de causer entre filles, se réjouit Lorraine.

— De quoi va-t-on parler en premier ? lui demande Odile, ses grands yeux bleus fixés sur elle.

— Les robes, les robes, les robes..., martèle Clara, frappant dans ses mains en rythme.

— En fait, je préférerais aborder le sujet épineux des demoiselles d'honneur, l'interrompt mon amie.

Intriguée, je la scrute avec curiosité. Son visage s'est crispé. À son regard fuyant et son évidente nervosité, je devine qu'elle me cache quelque chose. Quelle mauvaise surprise me réserve-t-elle encore ?

— Épineux ? répété-je. Je pensais que tout avait été déjà dit. Tu as choisi Clara et Odile, n'est-ce pas ?

Elle toussote, comme si elle cherchait à s'éclaircir la voix, mais aucune réponse ne sort de sa bouche. Palliant la défaillance de leur aînée, ses sœurs opinent du chef.

— Et nous avions convenu qu'elles s'habilleraient en bleu marine, ajouté-je avant de m'adresser aux intéressées. Mais peut-être préféreriez-vous adopter le code vestimentaire de Noël ? En rouge et vert, par exemple.

Aussitôt, une clameur de protestation s'élève. J'attends patiemment qu'elle cesse pour poursuivre mon travail d'investigation.

— Dans ce cas, quel est le problème ?

Silence de mort du côté du lit à baldaquin. Les joues empourprées, Lorraine feint d'étudier les motifs géométriques du tapis. Je ne comprends rien à la situation. D'un ton saccadé, entrecoupé de soupirs, elle se lance enfin :

— Tu sais que je fais de la zumba depuis plusieurs années... À l'espace bien-être du country club... C'est d'ailleurs dommage que tu ne veuilles plus y mettre les pieds. Les profs sont géniaux... Je m'y suis fait deux copines. Élisabeth et Salomé. Elles sont invitées à mon mariage. Et elles... Je... Bon sang, Odile ! lâche-t-elle brusquement, se tournant vers sa cadette. Quand vas-tu te décider à m'aider ? Dis-lui, toi.

— Comme si c'était difficile à expliquer, souffle bruyamment Odile, qui lève les yeux au ciel. C'est simple, ses copines de la gym seront ses demoiselles d'honneur... en plus de nous.

— Je ne les aime pas, grogne Clara.

— Moi non plus. Elles parlent, elles parlent, on n'en voit jamais le bout.

— Je n'ai pas pu faire autrement, se défend Lorraine. Salomé et Élisabeth ont tellement insisté…

Ses excuses ne sont guère convaincantes. Pourquoi ai-je la désagréable impression de jouer les seconds violons ? Que son choix initial ne se soit pas porté sur moi ne m'avait pas froissée. D'un commun accord, nous avions admis que cette délicate mission était incompatible avec l'organisation d'un grand mariage comme le sien. Aussi valait-il mieux que ses sœurs s'en acquittent. Mais maintenant, j'apprends que deux parfaites inconnues me supplantent. Je n'en reviens pas, les bras m'en tombent. Ravalant mon amertume, je les croise sur ma poitrine pour me donner une contenance. Avant tout, restons professionnelle.

— Je n'y vois pas d'inconvénients, commenté-je. Quatre demoiselles d'honneur au lieu de deux : ça ne pose aucun problème. Tu devras juste me présenter tes amies, Lorraine, afin que je leur assigne un rôle. Et puisqu'il était tout à l'heure question de robes, cela me fait penser qu'il faudrait harmoniser vos tenues. Je vais vous prévoir au plus vite deux séances d'essayage avec les couturières.

— Génial ! Moi, je veux une robe de princesse, réagit Clara d'un ton primesautier.

— Ah non, tu ne vas pas recommencer avec cette lubie, se fâche Odile. Je t'ai déjà dit que je ne porterai pas ces tenues ridicules. Je n'ai pas envie de ressembler à une meringue.

— Tu... tu es sûre... que ça ne te vexe pas, Amandine ? bégaie Lorraine, ignorant les chamailleries de ses sœurs. Je te considère toujours comme ma meilleure amie, tu sais.

— Elle rêve de te tordre le cou, mais elle se retient, ricane sa cadette.

— Mais non. Tout est OK pour moi, protesté-je avec le sourire que mon dentiste arbore quand il m'affirme que je ne souffrirai pas.

Et comme je ne suis pas du genre à me morfondre, pourquoi ne pas exercer une petite vengeance de rien du tout sur les personnes de Salomé et d'Élisabeth ? Histoire de leur apprendre que je ne suis pas prêteuse en matière d'amitié. Je me verrais bien les affubler d'une robe longue rose bonbon à falbalas. Avec un bonnet de père Noël sur la tête et une clochette de lutin au poignet, elles colleraient à l'ambiance...

Soudain très inspirée, je me précipite sur ma mallette et en sors des catalogues de robes de mariée. C'est dans l'un d'eux que Lorraine a trouvé la sienne. Puis je cours rejoindre ses sœurs sur le lit.

— Vous me faites une petite place, les filles ! leur demandé-je, pleine d'entrain, tandis que je m'assieds entre elles. Nous allons choisir vos tenues. Honneur à la plus jeune ! Tu voulais une robe de princesse, Clara... Tada ! Que dirais-tu de celle-ci ?

Et bim ! J'ai ouvert l'une des brochures pile à la page souhaitée. Des couleurs criardes, de la dentelle, des fanfreluches : il y en a partout ! La robe la plus grotesque qui soit obtient la préférence de la benjamine. Rose fuchsia, avec des manches ballons, un bustier ruché, des cerceaux et tout plein de nœuds, de fleurs synthétiques et de volants. Un régal !

— Alors, c'est d'accord, on part sur celle-ci ! exulté-je.

Visiblement aux anges, Clara affiche un large sourire, dérogeant à son habitude de cacher son appareil dentaire. La mine contrite, Lorraine n'ose pas s'immiscer. Demeurant à l'écart, elle dodeline de la tête comme les chiens en peluche qui décorent les plages arrière des voitures. En revanche, sa cadette s'enflamme :

— Non, mais vous délirez ! Là, ce n'est plus à une meringue que je vais ressembler, mais à un vacherin !

— Allons, fais plaisir à ta sœur, Odile. Elle adore ce modèle, susurré-je, peinant à garder mon sérieux. Je suis persuadée que Salomé et Élisabeth en seront également fans.

— Allez, dis oui ! la supplie Clara.

— Pour me retrouver à la vue de tous mes amis sur Instagram et sur TikTok ? explose l'adolescente. Et puis quoi, encore ?

— Promis, je ne te photographierai pas, minaude l'autre.

— Si j'accepte, tu sais ce que j'attends de toi.

Apparemment, la fillette a compris le langage cryptique d'Odile : les choses s'arrangent comme par magie. De part et d'autre, le ton baisse, et la robe « vacherin » est adoptée à l'unanimité.

Alea jacta est. Il y aura de la meringue au réveillon de Noël !

9

Désormais, il règne dans ma chambre une ambiance paisible, propice aux confidences. Lorraine nous annonce qu'elle s'installera au manoir – sans Gilles – dès mardi, et ce, afin de se faire désirer. Ses sœurs explosent de joie. Au dire de Clara, sa mère débarquera mercredi. Pour le coup, l'enthousiasme est moins unanime. Le rouge aux joues, Odile nous parle d'Enzo, son petit ami, sans pour autant accepter de nous montrer ses photos. Ce n'est pas faute de la supplier.

— Romain le déteste, se plaint-elle. Il lui a interdit l'entrée du domaine. J'aurais tellement aimé qu'Enzo m'accompagne au mariage. D'un autre côté, ça m'ennuierait qu'il me voie dans l'affreuse robe que vous avez choisie.

— C'est à cause de son tatouage au bras et de sa boucle d'oreille, s'immisce la benjamine. Romain dit que ça fait voyou.

— Dans ses rêves ! C'est n'importe quoi. Enzo est un garçon très sérieux.

— Ne te fais pas de soucis, Odile, la réconforte son aînée. Je trouverai bien le moyen de convaincre Romain. Mais tu devras demander à ton petit ami de cacher toute sa quincaillerie.

— Elle parle du tatouage et du piercing, explique Clara.

— Merci, j'avais compris. Romain n'aime pas ceci... Romain ne veut pas cela..., ironisé-je tout en roulant des yeux. Votre frère est un véritable tyran domestique.

— Tu exagères, Amandine, biaise Lorraine. Il souhaite simplement notre bien à toutes.

— Tu en as de bonnes, toi ! grommelle sa cadette. Tu oublies que tu n'habites plus ici, et que c'est à nous de le supporter.

— Il ne me laisse même pas pratiquer mon instrument de musique, renchérit la benjamine. Comment vais-je progresser ?

— Pour une fois, je suis d'accord avec lui. J'en ai marre de t'entendre taper du marteau-piqueur.

Un grondement lugubre résonne soudain, pareil à une corne de brume. Je suis la seule à m'en inquiéter.

— C'est quoi, ça ? Un incendie ? Une attaque nucléaire ?

Des épaules se haussent, des soupirs fusent. Alors que la sirène continue de vrombir, mon amie pointe du doigt un haut-parleur fixé en hauteur dans un coin de la pièce.

— Non, c'est l'heure du dîner, commente-t-elle avec fatalisme.

— Voilà ! C'est bien ce que disait Amandine : Romain nous mène à la baguette. Ras le bol ! râle Odile.

— Et elle s'arrête quand, cette alarme de l'enfer ? demandé-je, les tympans vrillés.

En réponse à ma question, le silence retombe. Une horloge lointaine sonne huit coups. Une autre posée sur ma table de chevet prend le relais. Puis plus rien.

— Du calme, enfin ! déclaré-je, soulagée.

— Attends de voir. Ce n'est pas terminé, prophétise Lorraine.

Effectivement, des coups frappent à ma porte, et la voix tonitruante du majordome s'élève depuis le couloir.

— *Dinner is ready*[1] *!*

— J'ignorais que Rodolph était anglophone, chuchoté-je à l'oreille de mon amie.

— Je crois qu'il a une lointaine aïeule bretonne...

— Bretonne... de France ?

— Voui ! Voui ! acquiesce-t-elle avec malice. Du coup, il essaie de renouer avec ses racines.

— Mais on ne parle pas anglais en Bretagne. Il a dû s'emmêler les pinceaux.

— J'en ai bien l'impression.

Nous nous esclaffons comme au bon vieux temps, ce qui provoque l'hilarité d'Odile et de Clara. À nous quatre, nous offrons tout un assortiment de cris de la ferme : gloussements de poule, grognements

1. « Le dîner est prêt » en anglais. *(N.d.A.)*

de cochon... Tout bien considéré, il se pourrait que Romain ait raison sur au moins un point : mon rire présente quelques similitudes avec un couinement de hamster.

— Vous êtes en retard pour le dîner, continue le majordome. Votre frère ne sera pas content.

— Nous n'avons pas fini de nous préparer, riposté-je du tac au tac.

— Ouh là ! Tu joues avec le feu, là ! grimace Lorraine qui souffle et agite la main comme si elle venait de se brûler.

Sur ce, elle ouvre la porte à un Rodolph plus compassé que jamais.

— Vous devriez vous presser, mesdemoiselles. Ces messieurs se disputent en bas. J'ai très peur pour la santé de votre frère.

— Romain ne risque rien. C'est plutôt pour mon fiancé qu'il faudrait s'inquiéter, le rabroue mon amie.

— Tss ! On ne peut jamais jurer de rien. Un jour, on se croit en pleine forme, le lendemain on se retrouve dans la tombe, vaticine le vieil homme avant de se mettre en mouvement.

Déclarant forfait, les trois sœurs se hâtent de lui emboîter le pas. Le temps d'arranger ma tenue et de me maquiller, je descends l'escalier en fer à cheval et gagne la salle à manger. Intimidée, j'hésite à en franchir le seuil.

Décorée dans des harmonies de vert, de jaune et d'or, la pièce présente des dimensions démesurées.

Même l'imposante table autour de laquelle sont réunis les convives ressemble à un meuble miniature. Comme partout ailleurs dans la maison, des scènes de chasse tapissent les murs. C'est d'un sinistre. Au-dessus d'une cheminée en marbre est accroché un écusson sur lequel figure le lion bicéphale des Habsbourg. Des fois qu'on aurait oublié le haut lignage des Hartmann ! S'il n'y avait pas cette bonne flambée dans l'âtre, j'envisagerais sérieusement de détaler. Ce repas s'annonce assommant.

Jugez-en par vous-même ! Feu Hartmann père me toise de toute sa hauteur depuis un tableau. Monté sur un cheval, il arbore le costume traditionnel alsacien – chapeau, veste et pantalon noirs, accompagnés d'un gilet écarlate orné d'une ribambelle de boutons dorés.

Figées comme des statues devant des assiettes vides, Lorraine et ses sœurs tirent des têtes d'enterrement. Romain et Gilles, assis côte à côte, discutent politique. Seul le majordome n'est pas impacté par l'atmosphère pesante ; il somnole, debout près d'un buffet de desserte.

— Excusez-moi, mademoiselle, me lance une voix agacée.

Une soupière fumante entre les mains, une très grande femme, entre deux âges et aux cheveux bruns noués en chignon, a surgi derrière moi. Je m'efface pour laisser passer celle que j'identifie à Joséphine, la cuisinière. En plus de réveiller Rodolph, ses paroles attirent l'attention de l'assemblée sur moi.

— Mais entre donc, Amandine. Je t'ai gardé une place, me dit Lorraine, qui tapote la chaise à sa droite.

Je me dépêche d'aller m'asseoir entre Clara et elle, et me retrouve ainsi en face de son fiancé et de Romain.

— Vous êtes en retard, observe ce dernier, me désignant la grande horloge murale. De plus de quinze minutes.

— Vraiment ? persiflé-je, un brin insolente. J'espère que je ne serai pas privée de dessert.

Ma remarque déclenche des exclamations ici et là. Raide comme la justice, le maître de maison me fusille du regard.

— Très drôle, maugrée-t-il.

— Et après ? Il n'y a pas mort d'homme, m'épaule Gilles avant de me décocher un clin d'œil. Promis, Amandine, on n'en parlera pas au père Noël quand il nous apportera nos cadeaux.

— Il faudrait encore que je laisse entrer ce guignol chez moi.

— Cette année, vous devrez faire une exception, mon cher beau-frère : nous l'avons invité à notre mariage. N'est-ce pas, ma douce ?

En même temps que Romain lève les yeux au ciel, un gloussement échappe à mon amie.

— Oh oui, mon chéri ! minaude-t-elle. Je n'ai pas oublié que nous échangerons nos vœux à Noël. Ce miracle, nous le devons à Amandine...

— Et aussi à ton frère bien-aimé qui, soit dit en passant, a bousillé ses vacances à la neige pour toi. Bon sang ! Ça non plus, il ne faudrait pas l'oublier.

— Décontractez-vous, mon vieux, rebondit Gilles d'une voix goguenarde, tout en lui donnant une tape dans le dos. Vous êtes tout tendu. Avec un peu de chance, il neigera dans les prochains jours. Vous pourrez skier tout votre saoul dans votre domaine de pacha. Par-dessus le marché, ça arrosera vos greens sans assécher les nappes phréatiques de notre belle région.

— Tous aux abris, chuchote Odile, qui a reculé sa chaise et s'est inclinée derrière Lorraine pour se cacher des deux hommes. Ils remettent ça.

Eh bien ! Il semblerait qu'elle ait raison. Les répliques assassines pleuvent de l'autre côté de la table. Qu'elles sortent de la bouche de Romain ne m'étonne guère, mais je ne m'attendais pas à les entendre de celle de Gilles. Je ne l'avais jamais vu aussi caustique. D'ordinaire, il est si sympathique. Brun, de taille moyenne, les traits délicats et les yeux agrandis par des petites lunettes rondes, il a des allures d'adolescent. On ne lui donnerait pas plus de seize ans alors qu'il a dépassé la trentaine.

— Puis-je proposer à ces messieurs quelques gouttes de valériane dans un verre d'eau ? suggère le majordome, qui s'est approché des belligérants.

— Non, tonne Romain. Servez-nous plutôt le dîner.

Traînant les pieds sur ses patins de cirage, Rodolph dépose des bretzels aux graines de pavot devant chacun de nous, puis remplit nos assiettes de *griessuppe*, un bouillon de légumes à la semoule grillée et aux lardons. Instantanément, les deux hommes cessent les hostilités. Il s'en est fallu d'un cheveu pour que leur débat sur l'irrigation des terrains de golf ne tourne au pugilat.

Le repas se déroule dans une ambiance cordiale, principalement parce que Romain boude et se cantonne à mastiquer ses aliments. Bon public, Odile et Clara rient des blagues de leur aînée et de son fiancé. Pour ma part, je demeure en retrait et me concentre sur le contenu de mon assiette, fort délicieux.

La cuisinière nous a apporté du *baeckeoffe*, un pot-au-feu mariné dans du vin blanc que toute bonne ménagère alsacienne fait habituellement mijoter une nuit durant. Même si celui-ci a été décongelé au four à micro-ondes – étant donné qu'il n'était pas prévu que les Hartmann dorment ici ce soir –, il est fameux. Il nous a été servi dans une marmite émaillée rouge. Des motifs floraux et des lions à deux têtes le décorent. Les armoiries des Habsbourg. Je suis prête à parier qu'il n'y a pas deux cocottes comme celle-là dans toute la région.

Je pensais pouvoir me détendre, mais à mesure que Gilles et Lorraine énumèrent la liste de leurs invités, je sens la peur me gagner. Mon Dieu ! Plus qu'une semaine avant leur mariage, et il me reste tant de problèmes à régler. Ce doit être la fatigue qui me fait broyer du noir. Après une bonne nuit de sommeil, j'y verrai plus clair et saurai comment procéder.

Tandis que la discussion se tarit, Romain sort de son mutisme.

— Quand est-ce que tout ce petit monde arrivera ? demande-t-il, les mâchoires crispées.

— Nos oncles et cousins du Canada seront là jeudi..., commence Lorraine.

— En même temps que ma famille, précise Gilles. Ils pourront ainsi assister au mariage civil vendredi, puis participer à la fête samedi.

— Et puisque nous les logerons tous au complexe hôtelier, ils ne seront pas à la rue.

Ces paroles, mon amie les a prononcées sur le ton de la plaisanterie et de la légèreté. Pourtant, je devine qu'elle appréhende la réaction de son frère. Et pour cause, ce dernier arbore une mine renfrognée. Je deviens blême lorsque son regard sombre se fixe sur moi. Espérons qu'il ne me cherche pas des poux dans la tête. Je suis trop exténuée pour répliquer.

— Amandine et moi veillerons à ce que tout soit prêt pour les recevoir, tranche-t-il d'un ton incisif. N'est-ce pas, Amandine ?

— Mais tout à fait. Professionnalisme et rigueur obligent.

— Nous nous y mettrons dès demain.

— De... demain ? Sa... samedi ? balbutié-je, prise au dépourvu.

— Exactement. Demain matin. Rejoignez-moi dans mon bureau à sept heures précises.

— C'est à côté de la bibliothèque, me glisse Clara à l'oreille.

— Sept heures du matin ! s'exclame Gilles. Vous êtes dur avec notre pauvre Amandine.

— Carrément, grincé-je sourdement.

— C'est vraiment tôt, déplore Lorraine. Tu exagères, Romain.

— Que voulez-vous ? Tout le monde n'a pas la chance d'être en vacances, fronde l'intéressé.

Dans un raclement de chaise, il se lève.

— Demain, sept heures, Amandine. Soyez ponctuelle, cette fois-ci. Une longue journée de travail nous attend.

Qui peut dire adieu à sa grasse matinée ? La pauvre idiote que le maître de maison est en train de foudroyer du regard. J'ai ma petite fierté, hors de question de capituler sans lui tenir tête.

— Hélas, je ne serai pas disponible avant neuf heures, susurré-je.

— Bien envoyé, Amandine ! me soutient Gilles.

— Huit heures, renchérit Romain, feignant d'ignorer son beau-frère. Je vous attendrai à huit heures.

— Huit heures trente, marchandé-je.

— Huit heures et quart, c'est tout ce que vous tirerez de moi, peste-t-il avant de se carapater.

— Bravo, Amandine, me félicite Lorraine. Belle victoire.

Applaudie par son fiancé et ses sœurs, je me fends d'un simulacre de révérence. Il n'empêche que je devrai me lever aux aurores demain. La poisse !

10

Samedi 17 décembre

Qui pourra faire une croix sur sa grasse matinée ? Moi !

Je n'ai pas demandé mon reste hier soir. Peu après la sortie de table en fanfare de Romain, je suis retournée dans ma chambre. Après un brin de toilette et mon yoga du visage, je me suis glissée dans mon lit aux côtés de Louise. À peine avais-je posé la tête sur le traversin que je m'endormais.

Je serais encore dans les bras de Morphée si une sirène de paquebot n'avait pas retenti au sein même de mon rêve. Le temps d'émerger du sommeil, je comprends que ce bruit irritant provient du haut-parleur accroché au mur de ma chambre. Bon sang ! Mais il fait toujours nuit dehors. Sans ce rayon de lune qui dessine un rectangle argenté sur le parquet, je n'y verrais pas clair. Un coup d'œil à mon smartphone m'apporte la confirmation qu'il n'est que sept heures du matin.

— Oh, la paix ! m'écrié-je, assourdie par la corne de brume.

Ce tyran domestique de Romain a encore sévi. C'est bien son genre de réveiller ses invités en sonnant du clairon. Pauvre type ! J'ai juste envie de lui tordre le cou. Bonne nouvelle pour mes oreilles : l'horloge initialement placée sur ma table de nuit ne prendra pas le relais. Ah, ah ! J'ai retiré les piles hier soir.

Quand la sirène se décide enfin à se taire, je repose la tête sur le traversin, soulagée. Mon rendez-vous de travail se tiendra dans plus d'une heure. Pourquoi ne dormirais-je pas encore un peu ? Mais des coups toqués à ma porte m'en empêchent.

— C'est pour quoi ? pesté-je tout en connaissant parfaitement la réponse.

— *Breakfast is ready*[1] !

Mon peignoir enfilé, j'ouvre à l'enquiquineur en second : Rodolph. Impeccablement vêtu de sa livrée noire galonnée d'or, il apporte un petit déjeuner copieux sur un large plateau.

Je m'apprête à protester vertement, mais il émet deux petits chuintements qui me laissent coite. Puis, tout en remuant son cou plusieurs fois dans son col empesé comme il l'aurait fait avec une grosse cuillère dans une casserole, il va décharger

1. « Le petit déjeuner est prêt » en anglais. *(N.d.A.)*

son plateau sur le secrétaire en acajou, à l'autre bout de la pièce.

— Mon maître a insisté pour que je vous monte cette frugale collation, tonne-t-il.

— Remerciez-le bien bas, grincé-je, de fort mauvais poil.

— Je n'y manquerai pas. Il m'a aussi demandé de vous rappeler votre rendez-vous. Il aura lieu à huit heures et quart, dans son bureau. Soyez ponctuelle.

Traînant des patins, il ressort. Je m'empresse de verrouiller la porte. Bon débarras ! Il m'a mise en colère et j'ai faim. Le tout dans les proportions suivantes : quatre-vingt-quinze pour cent furax, cinq pour cent affamée. Lesdites proportions s'inversent dès lors que je découvre le contenu du plateau. Du thé, des tranches de kouglof, de la confiture de fraises, du jus de fruits, un œuf au plat et un *dampfnudel* – un petit pain tout rond cuit à la vapeur – arrosé de crème anglaise.

Lorsque j'achève de déjeuner et de me préparer, il n'est pas huit heures. Je ne vais tout de même pas rester enfermée dans ma chambre. Et si je me dégourdissais les jambes ? Dehors ? Certainement pas, il fait bien trop froid, et je suis une grande frileuse. Autant rester bien au chaud à arpenter les couloirs du manoir, ce qui m'aidera à avoir les idées claires. J'en aurai bien besoin pour affronter Romain. Et puis, je ne risque pas de déranger grand monde : Odile et Clara dorment encore, les membres du personnel ne se soucieront pas de moi.

Je me mets donc en marche. D'un pas alerte mais sûr, je descends l'escalier, traverse le hall en rotonde, emprunte un corridor à ma gauche pour le remonter. Gardant cette allure, je rebrousse chemin, repasse par le hall, tourne à droite quand, subitement, j'aperçois la bibliothèque par une porte entrouverte.

Du temps où je fréquentais les lieux, je n'y mettais jamais les pieds, car le père de Lorraine n'y laissait entrer personne. Intriguée, je regarde à l'intérieur. Des livres reliés de cuir couvrent les murs. Je saurai où en trouver si le virus de la lecture me frappe, ce dont je doute. Avec tout le travail qui m'attend, j'ai bien peur de ne pas réussir à dégager assez de temps pour lire.

Bref ! Ne traînons pas. Il est l'heure pour moi de rejoindre Romain. Je vais donc frapper à la porte d'à côté.

— Entrez ! me lance le propriétaire des lieux.

Parqueté et lambrissé de boiseries foncées, le bureau dans lequel je m'introduis est à peine éclairé par les halos jaunâtres d'appliques. À gauche et à droite, des étagères vitrées habillent les murs et brillent comme des miroirs, ce qui ne m'aide guère à mieux y voir. Je réussis néanmoins à distinguer la silhouette athlétique de Romain, qui se détache en noir derrière un large secrétaire.

— Entrez donc, Amandine. Ne restez pas plantée là, m'ordonne-t-il sèchement.

— Les personnes civilisées disent bonjour. Mais où avais-je la tête ? Monsieur ignore les règles élémentaires de politesse. Il adore convoquer les gens à coups de corne de brume.

— Tandis que Madame prend un plaisir certain à gâcher leurs vacances...

— Pour le bien de votre sœur, le coupé-je. Croyez-vous qu'il soit courtois de réveiller ses invités à des heures indues ?

— Puisqu'il est question du bonheur de ma sœur, cela me paraît amplement justifié.

— Quel homme autoritaire et acariâtre vous faites ! Je plains votre entourage.

— Et vous : une femme têtue qui veut toujours avoir le dernier mot.

— C'est tellement facile de balancer des vérités quand on se cache dans l'ombre, protesté-je avec une pointe de lassitude.

— Et comme ça, c'est mieux ?

Un lustre s'allume, projetant sa lumière blafarde dans les moindres recoins de la pièce et sur un Romain à l'allure altière, qui trône derrière son bureau. Mais également sur une magnifique collection d'instruments à cordes. Des violons de toutes tailles, des archets... Certains sont très anciens. Leur vue dissipe presque instantanément ma mauvaise humeur.

— Je ne savais pas que vous vous intéressiez à la musique, m'exclamé-je, en admiration devant les vitrines.

— Comme vous pouvez le constater, je m'intéresse surtout aux violons.

— Vous en jouez ?

— Je ne me débrouille pas trop mal, me répond-il, consentant à sourire.

— Je l'ignorais. Je ne vous ai jamais entendu, du temps où...

De peur de m'aventurer en terrain miné, je m'interromps net. Après tout, je ne suis pas venue ici pour évoquer le passé. Il devient urgent de me projeter dans le futur et de relever le défi que Lorraine m'a lancé : organiser un mariage de Noël en seulement une semaine.

Je m'apprête à orienter la conversation sur le sujet qui nous préoccupe, mais Romain me devance :

— Du temps où mon père était encore vivant, c'est ce que vous vouliez dire, Amandine ?

— Oui... Non... Peut-être, bafouillé-je, gênée par son regard inquisiteur.

— Allons, pas de fausse pudeur entre nous. D'ailleurs, nous devrions nous tutoyer. Nous nous connaissons depuis quoi ? L'école primaire. Je t'ai vue grandir. Je sais presque tout sur toi.

— Alors là, j'en doute ! C'est à peine si vous... si tu te rappelais mon prénom hier, protesté-je.

— D'origine italienne par ta mère. Tes parents avaient un magasin de farces et attrapes au centre-ville. Trente ans. Célibataire. Plutôt sportive. Tu ne vas jamais au soleil, d'où ton teint pâle. Tu as d'épais cheveux noirs que tu devrais cesser d'attacher, soit dit en passant. Née en mars. Férue d'archéologie égyptienne. Caractère de cochon. Jure comme une charretière et se sert de ses grands yeux sombres pour carboniser les pauvres types qui osent la contredire. Je continue ?

Sous le coup de la surprise, je ne réagis pas. Et moi qui me croyais transparente à ses regards. Espérons que ses informations sur ma personne s'arrêtent là et qu'il n'en vienne pas à évoquer mes expériences malheureuses avec les hommes.

— Pour en revenir à moi, tu ne te trompais pas, reprend-il, visiblement satisfait de m'avoir cloué le bec. Je ne jouais jamais de violon en présence d'oreilles indiscrètes. Surtout s'il s'agissait de celles de mon père. Il ne voulait pas que je fasse des activités qu'il estimait réservées aux filles. Il avait tellement peur que je ne sois pas un vrai garçon...

— C'est complètement idiot.

— Je n'en sais rien. Peut-être avait-il raison... Toujours est-il que je voulais devenir luthier. Un métier que je considérais pourtant comme très viril. Même ça, mon père refusait d'en entendre parler. Aussi m'étais-je promis qu'une fois mon diplôme de management en poche, je filerais en Angleterre poursuivre mon rêve. Mais il est mort, et ça a tout fichu par terre. Ma belle-mère préférait continuer sa carrière de mannequin et parcourir le monde. Il fallait bien que quelqu'un s'occupe de mes sœurs en son absence... Mais passons, il est trop tôt pour sortir les mouchoirs, n'est-ce pas ? De toute façon, tu es bien placée pour savoir qu'on ne réalise pas toujours ses rêves.

— C'est exact. J'aurais moi aussi beaucoup aimé faire de l'archéologie mon métier, mais avec toutes mes allergies...

— J'ai en effet constaté par moi-même qu'elles pouvaient être... contrariantes.

Bien malgré moi, je m'esclaffe.

— Voilà, tu as recommencé ! lâche-t-il soudain, pointant un doigt accusateur dans ma direction.

— Pardon ?

— Ton rire de hamster ! Là, tu l'as refait.

— Tu as une imagination débordante, je trouve, grogné-je. Et tu peux parler, toi, avec ton rire sardonique à la Dracula.

— N'importe quoi. J'ai le rire le plus charmant qui soit.

— Tu ne t'es pas écouté, mon pauvre. Non seulement ton rire est effrayant, mais ton mode de vie est austère. Je te signale que nous sommes à une semaine de Noël et que ta maison n'est toujours pas illuminée. C'est lugubre à souhait.

— Et moi, je te rappelle que, sans ton intervention, je ne serais plus au manoir aujourd'hui, à me soucier du mariage de Lorraine, riposte-t-il vivement. Je profiterais de vacances bien méritées dans un chalet accueillant.

— Eh bien ! Maintenant que tu sais que tu ne bougeras pas d'ici, il faudra remédier à ce fâcheux état de choses. De même que je vais devoir m'occuper sérieusement de la décoration de ton hôtel puisque les festivités s'y dérouleront.

— Ce qui nous ramène à notre affaire. Dis-moi tout : qu'as-tu prévu pour l'occasion ?

M'éloignant des vitrines, je m'assieds en face de lui et entreprends d'expliquer ce que j'ai en tête.

11

Je ne m'attendais pas à ce que Romain m'écoute religieusement. Tout au long de mes explications, il n'élève aucune protestation. Pourtant, je puis vous assurer que je ne lésine pas sur les moyens, et, par conséquent, sur les dépenses. Les yeux rivés aux miens, il cille à peine. Serait-il hypnotisé ?

De temps à autre, il hoche la tête ou se racle la gorge. Mais jamais je ne l'entends renâcler. Un léger flottement survient cependant au moment où je lui présente l'addition. Tremblant dans mes pantoufles, je guette sa réaction.

— Ce n'est pas donné, lâche-t-il, les sourcils froncés. C'est bien supérieur à ton précédent devis.

— Il faut ce qu'il faut. Tu n'es pas sans savoir que, pendant la période de Noël, les prix flambent. Si ça t'arrange, on étalera les règlements ou...

— Je paierai. Je peux me le permettre. En deux fois. Je te verserai la première moitié de la somme avant ce soir (tu me donneras tes coordonnées bancaires), et la seconde le lendemain du mariage. Ainsi, nous pourrons procéder aux préparatifs dès aujourd'hui.

— Effectivement, il serait plus sage que je m'y mette dès maintenant, approuvé-je, soulagée qu'il ait accepté les dépassements de coûts.

— Parfait, par où commençons-nous ?

— Euh... en fait... C'est très gentil à toi de me proposer ton aide, Romain. J'apprécie sincèrement. Et je ne voudrais pas que tu me prennes pour une ingrate. Mais pour tout te dire, je n'en ai pas besoin, me justifié-je, optant pour la diplomatie.

Plutôt fière d'avoir réussi à y mettre les formes, je lui adresse un large sourire auquel il répond par un sourire encore plus grand. Voilà qui est de bon augure !

Mais quand j'aperçois l'espèce de clocher qu'il a formé avec ses mains – doigts qui se touchent et paumes écartées –, je me rembrunis. Ce geste est propre aux individus pleins d'assurance qui sont persuadés de détenir la vérité.

— Je suis désolé, Amandine, mais tu es à côté de la plaque. Je ne te propose pas mon aide. Le gros du travail te revient. En revanche, je souhaite superviser les opérations de A à Z. Ainsi que je te l'ai expliqué hier, je te considère comme mon employée.

— Mais enfin, je n'en suis pas à mon premier mariage, je connais mon métier. Et je m'en voudrais de te faire perdre ton temps. Comme tu l'as déjà dit hier, tu es censé être en vacances. Profites-en et repose-toi !

— Bien essayé, mais tu ne te débarrasseras pas de moi aussi facilement. Les noces de Lorraine se dérouleront dans mon country club : à ce titre, j'ai un droit de regard sur toutes les actions qui seront entreprises. Donc, je répète ma question : par où commençons-nous ?

Je pourrais l'envoyer paître sur ses terrains de golf. Ce serait jouissif. Mais il est mon client, et je suis son fournisseur de services. Autant ne pas l'oublier. Prenant sur moi, je capitule.

— Je pense que nous devrions nous occuper de l'hôtel en premier, suggéré-je. Il me paraît urgent de le remettre en fonction.

— Bien vu. Tout doit être prêt avant que les premiers invités débarquent. C'est prévu pour quand, déjà ?

— Jeudi, avec l'arrivée de ta famille du Canada et de celle de Gilles.

— Je rappellerai le personnel un peu avant. Bien évidemment, il faudra que je le paie en heures supplémentaires. Que de dépenses..., soupire-t-il.

Comme il darde un regard réprobateur sur moi, je feins de m'intéresser aux bibelots sur son espace de travail. Et tout particulièrement à cette figurine de skieur fixée sur un socle de bois.

— Un trophée remporté il y a neuf ans, commente-t-il, maussade. C'était le bon vieux temps.

La culpabilité devrait m'étouffer. N'ai-je pas contribué à lui gâcher ses vacances à la neige ? Qu'il ne compte pas sur moi pour le plaindre, il y a plus malheureux que lui sur cette terre.

— Ce n'est pas demain la veille que je chausserai mes skis, ajoute-t-il sombrement.

— Cet empêchement est peut-être un mal pour un bien. Qui sait si tu n'as pas échappé à une jambe dans le plâtre ou, pire, à…

Il me décoche une œillade meurtrière qui me dissuade de poursuivre sur cette voie.

— Et si nous y allions ! me hâté-je de proposer.

Au sortir de son bureau, nous ne croisons pas âme qui vive. Je suppose que ses sœurs dorment encore. Je file récupérer mes dossiers dans ma chambre, puis descends dans le hall en rotonde. Romain s'y trouve déjà, emmitouflé dans un blouson. Voyant qu'il trépigne d'impatience, je me dépêche de mettre mes chaussures et mon manteau. Alors que nous nous apprêtons à partir, le majordome nous rejoint.

— La golfette de Monsieur attend devant le perron, déclare-t-il de sa voix de stentor qui résonne sous le dôme. Les clés sont sur le tableau de bord.

— Merci, Rodolph, lui répond Romain tout en regardant sa montre. J'ai programmé le réveil de mes sœurs pour neuf heures dix. Servez-leur le petit déjeuner dans la cuisine.

— J'y veillerai, Monsieur. Si je puis me permettre, je vous souhaite un très bon voyage.

— Voyons, Rodolph, nous n'irons pas plus loin que l'hôtel, le corrige son patron avec un sourire amusé.

— Qui sait où une femme peut vous entraîner ?

Les propos énigmatiques du majordome ne sont pas du goût de Romain, qui se renfrogne. Il sort de la maison telle une fusée. Je suis obligée de trotter pour ne pas me laisser distancer.

Dehors, un vent glacial souffle et malmène les branches des sapins, leur arrachant d'effrayants craquements. Et dire que le Haut-Rhin est l'un des départements les moins venteux de France ! Ce n'est vraiment pas de chance. J'ai beau être bien couverte, je suis frigorifiée. Le soleil qui point au-dessus de la futaie ne pourra rien y changer. Bleu est le ciel ; bleus seront mes doigts dans très peu de temps. En effet, nous nous apprêtons à monter dans une voiturette ouverte aux quatre vents. Une banquette pour deux, un châssis roulant et une capote en guise de toit ne nous protégeront pas des rafales.

Romain s'installe au volant, moi à sa droite. Il démarre, et nous empruntons la route sinueuse qui traverse le bois. Notre véhicule électrique n'avance pas très vite, ce qui ne l'empêche pas de nous secouer dans tous les sens. Projetée tantôt contre mon voisin, tantôt vers l'extérieur, je peine à demeurer à ma place.

— Cet engin semble facile à manier... pour peu que l'on sache conduire ! persiflé-je.

— J'ai mon permis, me répond laconiquement Romain.

— Je n'en doute pas. Mais personne ne te force à rouler dans des ornières ou sur des racines.

— Il y en a partout. C'est impossible de les éviter.

— Si je dois faire la navette entre le manoir et l'hôtel, j'apprécierais grandement d'avoir une golfette à ma disposition.

— Ce ne sera pas nécessaire, tranche-t-il avec autorité. Je serai ton chauffeur durant toute la semaine à venir.

— Et si un contretemps survenait ? Je ne sais pas, moi : une envie pressante ou un appel urgent ?

— Pas la peine d'inventer des excuses bidon, tu ne m'évinceras pas, me rabroue-t-il, détournant les yeux de la route pour me foudroyer.

— Tu devrais regarder devant toi, ou tout simplement me laisser conduire. Je tiens à la vie... Attention ! m'écrié-je subitement, tandis que nous frôlons un tronc d'arbre.

Un brusque coup de volant me propulse contre lui. Par réflexe, je m'agrippe à son bras. Voyant qu'il grimace, je le relâche sur-le-champ et reprends ma place sur la banquette.

— Les golfettes ne sont pas des jouets, Amandine. Elles sont réservées aux golfeurs et au patron. C'est-à-dire moi.

— Un vrai macho dans toute sa splendeur, bougonné-je.

Une roue passe dans un trou plus gros que les précédents, ce qui m'envoie de nouveau contre Romain. Il vocifère quelques injures à l'adresse de la route, mais je devine que sa colère m'est destinée.

— Reste poli, je te prie, le rappelé-je à l'ordre.

— Quand je suis au volant, je n'aime pas qu'on me contrarie. Alors, tiens-toi tranquille, et cesse de me houspiller.

— Je veux bien, mais je continue de penser que je serais bien meilleure conductrice... Là, droit devant, une branche cassée ! m'affolé-je, pointant du doigt l'obstacle.

La voiturette fait une brutale embardée qui me ramène contre mon chauffeur. Cette fois-ci, il glisse un bras autour de ma taille pour me maintenir fermement contre lui.

— Que... que fais-tu ? bégayé-je, prise au dépourvu par son geste.

— Je veille à ta sécurité. Ça t'évitera peut-être de râler à tout bout de champ et de me vriller les tympans.

— Tu peux me lâcher maintenant, la route est droite.

Je tente de me dégager de son étreinte. En vain. Il me garde serrée contre lui. J'aimerais bien que quelqu'un m'explique pourquoi j'ai soudain si chaud. Mes joues me brûlent. Le vent glacial qui s'engouffre sous la capote de la golfette ne parvient pas à les rafraîchir.

N'allez pas croire que je suis sous le charme de Romain. Mon cas se rapprocherait plutôt de celui d'une momie extraite trop rapidement de son sarcophage après plusieurs années d'oubli. Si l'on ne prend pas les précautions nécessaires, elle peut se consumer avant de tomber en poussière. Voilà ce qui arrive également à un corps comme le mien, resté plongé trop longtemps en hibernation. Le moindre contact intime peut l'ébranler.

— La route est certes droite, mais les golfettes sont des engins capricieux, argumente Romain, tandis que nous atteignons le complexe hôtelier.

— Je ne vois pas le rapport avec la choucroute.

— Eh bien, c'est simple : un geste maladroit, un seul moment d'inattention, et ces engins t'enverront dans le décor. J'espère que tu comprends mieux pourquoi je ne veux pas que tu les conduises.

— Non, je ne comprends pas... mais passons ! maugréé-je.

Une fois garé sur la placette de dépose-minute, il accepte de me relâcher et coupe le moteur. Les jambes en coton, je m'extirpe de la banquette et file me réfugier sous l'auvent du perron... À l'abri du vent et du flux magnétique de Romain.

— Pas la peine de courir, c'est moi qui ai les clés, me lance-t-il, agitant son trousseau.

Les clés de l'hôtel, oui. Mais certainement pas celles de mon cœur. Je l'ai verrouillé solidement. Aucun homme n'en prendra possession. Sur ces réflexions rassurantes, je me flanque une gifle mentale et me tourne vers Romain qui m'a rejointe devant la grille.

— Je te propose de passer les chambres en revue. Tu m'aideras à les affecter aux invités, débité-je à toute allure. Ne t'inquiète pas, je n'ai pas oublié d'emporter la liste des convives. Ensuite, tu me conduiras aux cuisines. Je prendrai des photos que j'enverrai au traiteur. Il pourra ainsi s'organiser. Pour finir, tu me montreras les salons de réception pour que je décide de leur utilisation.

— Tu as pensé à tout.

— Quand je te disais que tu avais affaire à une pro, je ne te mentais pas, me rengorgé-je.

— Entre, il fera meilleur à l'intérieur.

Marchant sur ses pas, je pénètre dans un vaste hall en pierre très lumineux, éclairé par une verrière pyramidale qui remplace le plafond. J'imagine déjà la présence d'un gigantesque épicéa décoré, devant lequel les mariés se feront photographier avec leurs familles et leurs amis.

— Là, il nous faut un sapin. Ici, ici et encore ici, des guirlandes. C'est au comptoir de l'accueil que l'on distribuera les cartons pour le placement aux tables. Et...

— Ouh là ! Du calme, Amandine. Une chose après l'autre.

— En aurais-tu déjà assez ? lui demandé-je, un brin narquoise.

— Je n'ai jamais rien dit de tel.

— Tant mieux, parce que je n'ai pas terminé. Je veux également voir le compteur électrique. Entre les illuminations, la sono et les canons à neige à raccorder, il faudra que je vérifie si l'installation tient la charge.

— Des canons à neige ? Tu n'as tout de même pas l'intention de dévaster mes greens ?!

— Souviens-toi, ils étaient dans le devis que tu as accepté. Tu t'inquiètes pour rien, tes terrains de golf ne risquent rien. Ce n'est rien d'autre que de l'eau glacée. Et puis, un Noël sans neige n'est pas un vrai Noël. Dernière chose : Lorraine et Gilles ne veulent pas de mariage religieux, mais j'ai pensé qu'une cérémonie symbolique donnerait plus de cachet aux festivités. Que dirais-tu de jouer le rôle de l'officiant ?

— Et puis quoi encore ? marmonne-t-il. Tant qu'on y est, pourquoi ne me demandes-tu pas de me déguiser en père Noël ?

— Ce serait une bonne idée.

— N'y compte surtout pas.

— Dommage ! Je me serais fait un plaisir de te maquiller, continué-je avec malice. Dans ce cas, il t'incombera d'accompagner Lorraine jusqu'à l'autel et de la confier à ton futur beau-frère. Ah, et tu devras aussi préparer un discours.

— La confier à l'autre imbécile...

— Oui. Viens, nous allons inspecter les chambres.

Il tire une de ces têtes : c'est désopilant. Un petit sourire en coin, je le laisse planté là, la bouche béante, et me hâte de gagner l'escalier.

12

Ma matinée a été très productive. J'ai pu choisir les salles dans lesquelles se dérouleront la cérémonie nuptiale symbolique et la fête. J'ai relevé leurs dimensions ainsi que l'emplacement des radiateurs, des portes et des fenêtres, ce qui me permettra d'optimiser l'implantation des différents équipements : tables, chaises, estrades, piste de danse, gloriette, arches de mariage, et j'en passe. J'ai même trouvé une pièce pour le vestiaire.

Le traiteur a accusé réception des photos des cuisines et se dit prêt à intervenir samedi prochain. C'est également lui qui, la veille, se chargera du vin d'honneur à la mairie.

Les chambres ont été affectées aux invités. Romain a veillé à ce que sa famille obtienne les meilleures : celles qui donnent sur les terrains de golf et sur le massif des Vosges. Décidément, il ne porte pas Gilles dans son cœur. À ses yeux, le fiancé de Lorraine est bourré de défauts. Comme si lui-même était parfait ! Il a ce côté pinailleur qui m'exaspère. C'est le genre de type qui vous bombarde de questions pour chercher la petite bête, mais qui ne tolère pas la contradiction. Il a bien failli piquer une colère quand je lui ai signalé que la puissance de son compteur électrique était insuffisante. Que de trésors de persuasion j'ai dû déployer pour le convaincre de louer un groupe électrogène destiné à l'alimentation des canons à neige !

Après moult protestations, il a accepté de le financer, de même qu'il a versé le premier paiement sur mon compte bancaire. Cet homme sait tenir ses promesses : je peux bien lui reconnaître cette qualité.

Cet après-midi, je ne l'aurai pas sur le dos. Bon débarras ! Il a prévu d'inspecter ses greens... avec la golfette du patron ! De mon côté, je refuse de rester les bras croisés. Dans la mesure où ouvriers et livreurs ne viendront pas à l'hôtel avant lundi, je me fixe comme objectif d'habiller le manoir pour Noël. Odile et Clara se disent enchantées de participer à l'opération « Relookons le château de Dracula ».

Notre déjeuner achevé, nous sollicitons l'aide de Robert, le gardien, qui nous rejoint avec son échelle et sa boîte à outils. Rodolph apporte sa maigre contribution en nous indiquant l'endroit où sont entreposées les décorations des années précédentes. À nous ensuite de les remonter de la cave. Encore heureux qu'il y ait un monte-charge à notre disposition !

Les cartons de fournitures récupérés, nous nous répartissons les tâches. Pendant que Robert accrochera à la façade lanternes, girandoles d'ampoules colorées et père Noël grandeur nature, les filles et moi œuvrerons à l'intérieur, bien au chaud.

Et maintenant, nous y voilà ! Plongés jusqu'au cou dans la féerie de Noël, à assembler le sapin synthétique, suspendre boules et guirlandes, agencer les illuminations. Seul le majordome brille par son absence. Je le soupçonne de roupiller en secret dans quelque cachette.

Une bonne odeur de cannelle et de vanille embaume l'air. Car Joséphine, la cuisinière, prépare des *mannele* en pain d'épice. Je lui ai été officiellement présentée ce midi. Au début, elle m'a battu froid. J'ai compris pourquoi lorsqu'elle a entrepris de contester l'utilité d'un traiteur au mariage de Lorraine. C'est elle qui aurait dû assurer la restauration, s'est-elle plainte. Finalement, elle a convenu que nourrir une centaine d'invités pourrait la mettre en difficulté. Aussitôt après, nos relations se sont améliorées.

À mesure que le travail avance, le manoir s'extrait de sa gangue sinistre. À une semaine de Noël, il était temps. Le sapin dressé dans la salle à manger scintille. Un feu crépite dans la cheminée. Une agréable odeur de gâteau embaume l'air. Et tout plein de loupiotes clignotent de partout. De quoi vous rendre épileptique ! Ça me change de l'ambiance « farces et attrapes » à laquelle mes parents m'avaient habituée.

L'opération « Relookons le château de Dracula » se termine dans la bonne humeur. Plutôt que de vaquer à nos occupations respectives, les filles et moi décidons de nous accorder une pause bien méritée dans la véranda.

— C'est Romain qui ne reconnaîtra pas la maison, pouffe Clara.

Assise derrière sa batterie, elle ponctue sa remarque d'une volée endiablée de coups de cymbale et de tambour. Avec ses cheveux roux qui tombent en désordre sur son visage, elle présente une lointaine ressemblance avec Animal, le batteur fou du *Muppet Show*.

— Arrête ça tout de suite, lui crie Odile. Tu nous casses les oreilles.

— J'en ai marre, tout le monde me brime, ronchonne la benjamine. Il n'y a qu'Amandine qui me comprenne. Pas vrai, Amandine ?

En fait, il existe une différence notable entre comprendre et supporter. J'aurais dû tourner sept fois ma langue dans ma bouche avant de prétendre aimer sa créativité musicale. L'irruption de Joséphine m'épargne la peine de m'essayer au jeu périlleux du ni oui ni non.

— Est-ce que ces demoiselles ont faim ? nous demande cette dernière qui s'avance avec un plateau garni dans les mains.

— Oh oui ! On est affamées, s'exclame Clara.

Elle abandonne sa batterie pour se précipiter sur l'élégante table ronde en rotin. Sa demi-sœur et moi lui emboîtons le pas de manière plus mesurée. Aussi la rejoignons-nous lorsque la cuisinière achève de nous servir des tasses de chocolat chaud et des petits bonshommes en pain d'épice.

— J'espère que vous les apprécierez. Ils n'ont pas bel aspect, s'excuse-t-elle, le front barré d'un pli soucieux. Je n'ai pas encore l'habitude du nouveau four, et les décorations ne tenaient pas...

— Ne vous inquiétez pas, Joséphine, nous n'en laisserons pas une miette, la rassuré-je.

Là-dessus, je m'empare d'un *mannele* tout chaud et en croque une bouchée.

— Dé-li-cieux, constaté-je, les paupières mi-closes de bonheur. Comme tous vos repas.

Un soupir de plaisir gonfle la poitrine de la cuisinière ; ses yeux marron en amande luisent d'un éclat joyeux. Le rose aux joues, elle s'éclipse. Un silence à peine troublé par nos claquements de mâchoires s'installe. Dehors, le jour commence à baisser. La baie vitrée de la véranda réfléchit désormais les flashs lumineux des guirlandes électriques, ainsi que nos reflets occupés à savourer le goûter.

— Je m'en grillerais bien une, lâche soudain Odile, une fois que nos mandibules ont cessé le travail.

— Tu... tu fumes ? lui demandé-je, étonnée.

— Comme un pompier, rouspète Clara.

— Tu exagères, proteste sa grande sœur. Une de temps en temps... Mais chut ! Il ne faut pas le répéter.

— Romain a dit que s'il la voyait encore en train de fumer, il l'enverrait dans un pensionnat en Suisse.

— Je suis sûre qu'il ne le pensait pas, objecté-je, incrédule.

— Pas du tout, il était très sérieux... C'est affreux.

— Épouvantable, déplore l'intéressée, ce qui ne l'empêche pas de sortir un paquet de cigarettes de la poche de son pantalon.

— Range ça, couine la benjamine. Je ne veux pas que tu partes loin d'ici.

— Ça n'arrivera pas si tout le monde tient sa langue, rétorque Odile, me décochant un regard de défi.

— Je ne suis pas une balance, assuré-je, lui adressant une petite grimace comique. Mais je pense tout de même que tu ne devrais pas mettre ta vie ni celle de tes proches en danger.

— Ça, je le lui dis tout le temps, mais elle ne m'écoute jamais, pleurniche Clara.

— Je ne fume pas dans la maison, oppose Odile. Personne d'autre que moi ne respire la fumée. Bon, je me dépêche d'y aller avant que Romain rapplique.

Comme elle se lève, je l'imite. Mon instinct me dicte de ne pas la laisser sortir seule.

— Je t'accompagne, décrété-je.

Haussant les épaules, elle s'approche de la baie vitrée pour la faire coulisser. Ensemble, nous la franchissons.

— Et moi, je vais m'entraîner. Prenez tout votre temps, surtout, se réjouit Clara qui, comme par magie, a retrouvé sa gaieté enfantine.

Tel un feu follet, elle se rue sur sa batterie et, baguette bien en mains, entame un solo assourdissant. Le chat parti, les souris dansent ! Ce proverbe s'applique admirablement bien à la situation, car en l'absence du grand frère, la maisonnée va à vau-l'eau. Est-ce à moi de la remettre dans le droit chemin ? Certainement pas. On ne vit qu'une fois. Je vais même pousser le bouchon un peu plus loin en sortant avec mes pantoufles propres.

Souhaitant échapper au vacarme de l'enfer, Odile et moi nous hâtons de refermer la baie vitrée. Dehors, le ciel est devenu rose orangé. Agitées par le vent, les branches des sapins le strient de noir. Étant donné qu'il fait assez froid, nous courons nous réfugier derrière le cabanon de rangement pour les bûches, à l'abri des rafales et là où une cuve à compost émet une douce chaleur.

— Tu en veux une ? me propose Odile qui me tend son paquet de cigarettes.

— Non merci. Je suis une grande allergique. Et puis, c'est mauvais pour la santé, ne l'oublie pas.

— Oh non, pitié ! Tu ne vas pas t'y mettre, toi aussi, Amandine.

— Bien évidemment que non. Mais il n'empêche que les dangers liés au tabac sont bien réels. Les risques de contracter un cancer du poumon sont multipliés par...

Tandis qu'elle allume une cigarette, je me tais et recule. Elle tire dessus. Le bout incandescent rougeoie et éclaire son visage. Ses yeux d'un bleu outremer fixés sur moi ressemblent tellement à ceux de Romain. C'en est troublant.

— Je voudrais te demander un service, dégaine-t-elle après trois ou quatre bouffées.

Par chance, la fumée ne se dirige pas vers moi, sinon je lui aurais répondu par une salve d'éternuements.

— Je t'écoute, Odile.

— Je t'ai déjà parlé de mon petit copain. J'aimerais bien le voir. Mais Romain m'interdit de le rejoindre au marché de Noël d'Eguisheim. Et tu sais qu'il n'autorisera pas Enzo à pénétrer dans le domaine. Alors j'ai pensé que...

Laissant ses paroles en suspens, elle exhale un rond de vapeur blanchâtre. Fascinée par ce concentré de mort à retardement, je le regarde s'étirer, s'élever mollement, puis se fondre dans le rose violacé du ciel. Bientôt, il fera nuit noire, et nous devrons songer à rentrer.

— À quoi as-tu pensé ? l'interrogé-je, pressée d'en finir.

— Enzo a prévu de se présenter au portail demain, en début d'après-midi. C'est Robert qui lui répondra. Il appellera Rodolph pour savoir s'il peut lui ouvrir. Ce qui, fatalement, se soldera par un refus. Mais si Enzo s'annonçait comme l'un de tes collaborateurs, cela changerait tout.

— J'ai peur que ce ne soit pas une bonne idée.

— Souviens-toi de l'affreuse robe de demoiselle d'honneur que j'ai accepté de porter, susurre-t-elle avant de jeter son mégot par terre. Ça vaut bien un service, non ?

Mince ! Elle a fichtrement raison. Pendant un court instant, je pèse le pour et le contre. Quel mal y aurait-il à l'aider ? D'un autre côté, son frère me tordrait le cou s'il l'apprenait.

— Si tu me promets de ne pas conduire Enzo dans ta chambre ou dans un coin obscur, je veux bien marcher dans ta combine, concédé-je avec prudence.

— Pas de souci. Je souhaite juste l'emmener en promenade sur les terrains de golf.

— Eh bien...

— S'il te plaît, Amandine. Nous ne ferons rien de mal.

— Alors, c'est d'accord, capitulé-je.

— Oh, merci !

Elle se jette à mon cou pour m'embrasser, m'imprégnant de son odeur de tabac froid.

— Tu devras aussi me promettre de ne plus fumer..., ajouté-je, avant d'être interrompue brutalement.

— Ça sent le tabac par ici... Qui fume ? Odile ? Montre-toi, je sais que c'est toi.

Cette voix qui tonne dans l'obscurité, c'est celle de son frère. En moins de temps qu'il n'en faut à un lapin pour détaler, Odile disparaît. Je me retrouve avec son paquet de cigarettes dans les mains, éblouie par une vive lumière.

— Amandine ? C'est... Tu fumes ?

Ce disant, Romain dirige le faisceau de sa lampe torche vers le bas, éclairant d'abord le fichu paquet que je tiens, puis l'endroit où sa sœur a jeté son mégot encore incandescent. Pour finir, il le braque de nouveau dans mes yeux.

Tout au long de sa manœuvre, des engrenages fonctionnent à plein régime dans mon cerveau. Leurs cliquetis s'assortissent d'images hétéroclites qui me ramènent aux pires épisodes de mon adolescence. Moi, convoquée chez le proviseur pour avoir fumé avec les copines derrière le gymnase. Romain, me traitant de hamster. Le pétard de la révolte éclate alors en moi.

— En fait, oui, ça m'arrive de fumer, riposté-je tout en agitant le paquet de cigarettes.

— Et tes allergies ?

— Bah ! Elles se tiennent tranquilles dans ces moments-là, improvisé-je.

— Tu manques de jugeote ou quoi ? Ne va pas me dire que tu ignores les conséquences du tabagisme sur la santé...

Et le voilà lancé dans un laïus sur les méfaits de la cigarette, insistant abondamment sur les risques de cancer. Lorsqu'il se tait enfin, mes velléités de rébellion m'ont quittée. Même le fait d'imaginer la tête de Romain ne réussit pas à me maintenir dans un état d'esprit frondeur.

— Et puis, avec l'haleine que ça donne, personne ne voudra t'embrasser, conclut-il avant de tourner les talons et de s'enfoncer dans l'obscurité.

En comprenant le sens de ces mots, je reçois comme une douche froide.

— Ohé ! Je ne t'ai pas sonné, lui hurlé-je, ulcérée.

Seul un rire sardonique me répond.

13

Quel type infernal, ce Romain ! Est-ce que ça lui aurait écorché la margoulette de nous féliciter pour le travail de décoration accompli ? À table, Monsieur a boudé. Néanmoins, sa mauvaise humeur affichée n'a pas empêché le dîner de se dérouler dans une ambiance détendue.

Il s'est retiré juste après le dessert, marquant son départ par un raclement de chaise, suivi d'un claquement de porte. Ses sœurs ont choisi ce moment pour m'adresser leurs plus sincères remerciements. Clara m'a offert un dessin, soulagée que son aînée ne soit pas exilée dans un pensionnat en Suisse. Odile a lâché un « Tu peux garder mon paquet : cadeau ! », avant de reprendre sa discussion avec Enzo sur son portable. C'est ainsi que ses cigarettes ont fini dans une poubelle.

La soirée ne s'est pas prolongée ensuite. Après avoir aidé la benjamine à assembler une maison en Lego, j'ai regagné ma chambre. Toilette de nuit, yoga du visage, puis tête sur le traversin en compagnie de Louise. Paupières qui se ferment... qui s'ouvrent...

Une journée bien remplie donne généralement bon sommeil. La mienne ayant été menée à fond les ballons, je ne devrais pas avoir de mal à m'endormir. Hélas, c'est tout le contraire. Les yeux rivés au plafond, je n'arrive pas à les fermer. Les ombres mouvantes que projette la lune à travers ma fenêtre ne réussissent pas à me calmer. Je ne cesse de songer aux dernières paroles que Romain m'a envoyées en pleine figure : « Personne ne voudra t'embrasser. »

À choisir, je préférerais qu'il me traite de hamster. Oh, et puis zut ! Ce n'est pas comme si j'accordais de l'importance à ce qu'il pense de moi. Je me moque comme de colin-tampon de son opinion sur ma personne. Aménémopé, ce sage pharaon de la XXIe dynastie, ne dit-il pas que la barque du stupide s'immobilise dans la boue, celle du silencieux voguant avec le vent ?

Quoi qu'il en soit, à minuit passé, je ne dors toujours pas. Et si je me plongeais dans un bon roman ? Idiote que je suis, je n'en ai pas apporté, et ma liseuse électronique est restée chez moi. Je dégoterai certainement un bouquin dans la bibliothèque du manoir.

Après avoir enfilé mon peignoir et mes pantoufles fourrées, je sors de ma chambre à pas de loup. Le couloir est sombre et désert. Me servant de la fonction lampe torche de mon smartphone pour me guider, je gagne le rez-de-chaussée.

Une fois arrivée à destination, je n'ose pas appuyer sur l'interrupteur. La bibliothèque est si spacieuse que je ne parviens à en éclairer qu'une toute petite portion. M'approchant d'un mur couvert de livres, je parcours les titres inscrits sur les dos. Ici, de la poésie. Plus loin, des essais philosophiques. Rien de ce que je vois ne m'inspire.

Je poursuis mes investigations en avançant, jusqu'à rencontrer une échelle en bois. Tenant mon smartphone d'une main, j'entreprends d'y grimper.

Je retire plusieurs volumes aux titres aguicheurs et les empile au creux d'un bras. Ils devraient m'occuper suffisamment l'esprit pour m'empêcher de ressasser des idées sombres. Tout en m'agrippant aux barreaux, je commence à descendre. Mais, soudain, mon pied dérape. Je perds une pantoufle, puis l'équilibre. Mon cœur manque plusieurs battements tandis que je bascule sur le côté. Mes livres et mon smartphone échappent à ma poigne, l'échelle aussi. Le tout tombe avec fracas. Je me rattrape *in extremis* à une étagère.

Ding, dong, ma dernière heure a sonné ! Me voilà suspendue par les mains, au-dessus du vide. Lorsque mes forces faibliront, je m'écraserai au sol. À tout le moins, je me casserai une jambe ou un bras. Sinon, je me romprai le cou. Mon nom s'affichera en première page dans le journal *L'Alsace*. « Chute fatale dans une bibliothèque privée : des livres ont eu la peau de la plus malchanceuse *wedding planner* de Colmar. »

— Au secours... Aidez-moi ! couiné-je. Je ne veux pas mourir.

— J'arrive, me crie une voix d'homme.

Trop bouleversée, je suis incapable de l'identifier.

— Aidez-moi ! répété-je. Vite, je suis à bout de forces.

Des pas précipités se rapprochent. J'entends des craquements sous moi, et aussi des jurons. Puis une échelle apparaît dans mon champ de vision.

— Amandine ?

L'instant d'après, mon sauveur parvient à ma hauteur, et je reconnais Romain. En deux temps, trois mouvements, il m'attrape par la taille et me tire à lui.

— Tiens-toi à moi, et pose les pieds sur les barreaux, m'ordonne-t-il.

Tremblante comme une feuille, je lui obéis.

— Là ! C'est bien. Maintenant, agrippe-toi à l'échelle... Très bien... Nous allons descendre... Un pied après l'autre... Oui... C'est parfait... Encore un petit effort, nous y sommes presque... Courage, c'est le dernier barreau.

Une fois au sol, je me jette à son cou dans un formidable élan de gratitude. Il m'a tout de même sauvée d'une mort certaine et m'a évité de faire les manchettes des journaux locaux.

— Merci... merci, Romain..., hoqueté-je, enfouissant la tête au creux de son épaule. J'ai cru... j'ai cru que j'allais y passer.

Les poings crispés sur ma taille, il demeure immobile tandis que je me presse contre lui.

— Tout est fini. Tu ne risques plus rien. Calme-toi. Tu peux me lâcher, maintenant, me dit-il.

Ce que lui ne fait pas puisqu'il ne desserre pas son étreinte. Et moi, encore remplie de frayeur, je continue de m'accrocher à son cou. Je l'ai échappé belle.

— Que faisais-tu ici ? murmure-t-il tout contre mon oreille. Il est plus de minuit.

— Je cherchais un livre, je n'arrivais pas à dormir.

— À cause de ce qui s'est passé tout à l'heure, près de l'abri à bûches ?

— Peut-être, répliqué-je, un peu perdue.

— Je souhaiterais m'excuser… Pour ce que je t'ai dit…

Surprise par ses propos pleins d'humilité, je décolle la tête de son épaule et cherche son regard. Les faisceaux de mon smartphone au sol et du sien posé sur une étagère l'éclairent par en dessous et accentuent le carré de sa mâchoire. Il n'en paraît que plus intimidant. D'autant que ses yeux me fixent avec beaucoup d'intensité.

— Au sujet de mon haleine ? demandé-je naïvement.

— Oui… Non. En fait, tu sens très bon… J'étais contrarié à l'idée que tu ruines ta santé. Mon père… il est mort d'une mauvaise bronchite… Il ne fumait pas, mais c'était un grand passionné de bridge. Il pouvait rester des nuits entières à y jouer avec ses amis qui, eux, fumaient comme des sapeurs. À la longue, ses poumons en ont souffert. Encore une victime du tabagisme passif.

— Je l'ignorais. Tu m'en vois désolée.

— Personne n'est au courant. Je n'en ai même pas parlé à mes sœurs. Qu'importe, c'est du passé, soupire-t-il, fermant les paupières et se crispant davantage sur moi.

Désormais consciente du peu d'espace qui nous sépare, j'ôte les bras de son cou, resserre les pans de mon peignoir et tente de reculer, mais ses paumes brûlantes forment une espèce d'étau au niveau de ma taille. Ne comprend-il pas que la situation devient scabreuse ? Que penseraient ses sœurs si elles nous surprenaient pressés l'un contre l'autre, seulement couverts de vêtements de nuit ?

— En fait, je ne fume pas, me justifié-je, souhaitant ainsi écourter notre conciliabule. Je suis trop allergique pour ça. Je prenais l'air dehors lorsque je suis tombée sur un paquet de cigarettes. Aussi l'ai-je ramassé...

— Et le mégot ? Non, ne dis rien. Odile a recommencé à fumer, n'ai-je pas raison ? me demande-t-il, rouvrant les yeux pour les river aux miens.

— Tu devrais la laisser faire son expérience. Et surtout, lui expliquer ce qui est arrivé à votre père. Elle comprendra par elle-même qu'elle doit arrêter.

— Et si elle n'arrête pas ? insiste-t-il.

— Eh bien, tu lui parleras des dents qui jaunissent, des rides prématurées, des cheveux ternes et de la mauvaise haleine !

Il s'esclaffe. Son rire n'a plus rien à voir avec celui de Dracula. Il est velouté, doux et sonne agréablement à mes oreilles.

— Nous devrions aller nous coucher, lui dis-je, gênée par notre trop grande promiscuité.

— Oui, nous devrions, me répond-il, les mains toujours accrochées à ma taille.

Mais au lieu de me libérer, il m'enlace et plaque ses lèvres sur les miennes. Ne me demandez pas pourquoi je passe les bras autour de son cou et approfondis son baiser. Sa respiration s'accélère. Mon cœur s'emballe. Les cloches de Noël se mettent à sonner dans ma tête.

Nous ne sommes pas raisonnables. Il faut tout arrêter, et vite. Mais c'est si bon de sentir sa chaleur en moi, de me délecter de son parfum enivrant, de...

— Là, je crois que j'ai déconné, maugrée-t-il, me lâchant d'un coup.

Sur ce, il récupère son smartphone sur l'étagère et disparaît.

14

Dimanche 18 décembre

Sale journée en perspective.

Je me demande ce qui a pu se passer entre Romain et moi. Autant dire que tout a sacrément dérapé hier soir.

Je suis dans la panade. Pourrai-je encore regarder ce type dans les yeux ? Pourquoi ai-je la désagréable impression de ressembler à un vieux torchon ?

Certains éléments ne favorisent pas l'endormissement, comme le thé, le chocolat ou le café. On les classe dans la catégorie des excitants. J'ajouterais volontiers à la liste le baiser interrompu de la bibliothèque. Par sa faute, je n'ai pas fermé l'œil de la nuit.

En compensation, j'ai lézardé au lit une bonne partie de la matinée. Le haut-parleur dans ma chambre est resté muet ; je l'avais débranché la veille, profitant de l'échelle et des outils de Robert.

La tête dans le cirage, je descends déjeuner vers onze heures à la cuisine et apprends de la bouche même de Joséphine que toute la maisonnée est levée depuis longtemps. Les filles font leurs devoirs, Romain est parti courir dans le domaine. Finalement, ce n'est pas plus mal. J'appréhende le moment où je croiserai le maître des lieux. Si je le croise un jour ! Car désormais, je minimiserai les interactions avec lui.

Mais enfin, avait-il besoin de me repousser aussi brutalement ? Rappelons que c'est lui qui m'a embrassée en premier. Si j'ai prolongé le baiser, la faute lui en incombe. Il n'avait pas à y mettre autant de passion. Pff ! Je suis tout bonnement vexée d'avoir été jetée salement.

Mon petit déjeuner englouti, je remonte dans ma chambre en rasant les murs et m'abîme dans le travail. Tout d'abord, je confectionne le plan des salles à l'aide des mesures effectuées hier. Puis j'embraie avec le placement aux tables, tout en tenant compte des affinités présumées et des inimitiés avérées. Comprenez par là que je n'installerai aucun parent de Gilles à moins de deux mètres de Romain.

Mince ! Pourquoi ai-je mentionné son prénom ? Avec lui, le souvenir du baiser m'assaille de nouveau. Allez, oust, du balai ! Sors de ma tête, Monsieur Je-n'assume-pas-mes-actes. Je m'empresse de me remettre à la tâche.

Parmi les invités, je compte une bonne dizaine d'enfants. Voilà de quoi constituer une table. Je ne pense pas qu'Odile apprécierait de s'y asseoir. En règle générale, les adolescents préfèrent qu'on les traite comme des adultes. D'un autre côté, sa demi-sœur réclamera sa présence à ses côtés. Il faudra que je sollicite l'avis de l'intéressée.

(Note à moi-même : demander à Robert s'il accepterait de se déguiser en père Noël pour distribuer des cadeaux à tous ces bambins. En cas de refus de sa part, se rabattre sur le majordome qui, soit dit en passant, incarnerait mieux le père Fouettard.)

Et maintenant, occupons-nous des célibataires. Il y en a une bonne trentaine. Presque autant d'hommes que de femmes. Parfait ! Pourquoi ne pas favoriser d'autres unions ? Peut-être gagnerai-je de nouveaux clients... Alors que je m'intéresse à la liste des personnes concernées, je tombe sur... Romain. Encore lui, zut !

Cette fois-ci, une question dérangeante me vient à l'esprit. A-t-il une petite amie ? Si tel est le cas, il ne l'a pas conviée aux festivités. Adoptant la position du *Penseur* de Rodin, je tente d'imaginer à quoi ressemblerait une femme digne de s'appairer avec le descendant d'un Habsbourg. Blonde, élancée, les cheveux lissés, de grands yeux bleus, élégante, avec de la noblesse dans la diction. Tout le contraire de moi. Idéalement, elle s'appellerait Liesel, Petra ou Gretel – des prénoms bien de chez nous. Et non pas Amandine.

— Amandine ! Amandine ! me crie-t-on depuis le couloir, tandis qu'on gratte à ma porte.

L'image de la superbe blonde s'efface instantanément de mes pensées. Traînant la jambe, je vais ouvrir à une blonde beaucoup moins sophistiquée – en jean et pull-over –, au visage poupin et avec des mèches rose fuchsia de-ci, de-là. Odile.

— Tu n'as pas entendu la sonnerie ? me demande-t-elle, se balançant d'un pied sur l'autre.

— Quelle sonnerie ?

— Ben, celle que tu as prise pour l'alarme incendie... Au-dessus du miroir, me répond-elle tout en désignant du menton le haut-parleur que j'ai débranché hier.

— Ah, ça ! Je crois bien qu'elle ne retentira plus, je lui ai jeté un mauvais sort.

— Il faut que tu te dépêches de descendre. Nous sommes tous à table, et Romain a décrété qu'on devait t'attendre avant de commencer.

— D'habitude, c'est Rodolph qui se charge de ramener les ouailles à ton frère, ironisé-je, pince-sans-rire. Que lui est-il arrivé ? Serait-il souffrant ?

— Il a pris sa journée. Ce n'était pas prévu au programme. Mais il a dit qu'il avait besoin de souffler avant la venue de Lorraine et de ma belle-mère. D'ailleurs, à ce sujet, on va avoir un problème...

Elle s'interrompt pour me tendre son smartphone.

— Vas-y, téléphone-lui, ajoute-t-elle.

— Téléphoner à qui ?

— Robert ! Parce que quand il tentera de joindre Rodolph pour l'avertir de l'arrivée de ton collaborateur... Enzo, mon petit ami, tu te souviens de notre plan, j'espère. Eh bien, c'est Romain qui interceptera l'appel. Et là, il flairera tout de suite l'arnaque.

— Donc, tu souhaites que je prévienne le gardien de laisser passer Enzo sans se donner la peine de contacter le manoir, résumé-je avec lassitude.

Bon sang ! J'avais oublié que les adolescents pouvaient déployer autant de talent pour parvenir à leurs fins. Attendrie par le regard de chien battu d'Odile, je compose le numéro de téléphone de Robert, à qui j'adresse une série d'instructions.

— Tu ne descends pas manger ? s'étonne-t-elle, alors que je m'apprête à refermer la porte sur elle.

— Je n'ai pas faim. Je me suis levée tard, et j'ai pris un petit déjeuner pantagruélique. Dis à ton frère que...

— OK, pas de souci, m'interrompt-elle avant de se sauver.

— Dis-lui qu'il peut aller se faire voir ! marmonné-je, une fois seule.

Là-dessus, je me remets à l'ouvrage. Où en étais-je, déjà ? Ah oui, les tables des célibataires !

15

Deux heures, peut-être plus, se sont écoulées depuis la visite d'Odile, et je n'ai pas achevé mon plan de table. Quel casse-tête ! Je suis certes une bonne organisatrice de mariages, mais comme entremetteuse, je suis nulle.

Les yeux tournés vers la fenêtre, je regarde la cime des sapins que le vent malmène. Un soleil éblouissant brille dans un ciel diaphane. Je suis folle de rester enfermée par une si belle journée.

De nouveau, on frappe à ma porte. Les muscles endoloris par la posture assise, je pars ouvrir. En découvrant qui attend sur le seuil, je perds trois bons centimètres. Oh non, pas Romain ! À l'inverse de sa tenue, décontractée, il affiche un air piqué : traits tendus, regard courroucé, lèvres pincées – en rien comparables à celles qui, hier, m'embrassaient. S'il est venu me chercher des noises, il va les trouver.

— Peux-tu m'expliquer ça ? me lance-t-il, brandissant une feuille de papier sous mon nez.

— Mon maître est très fâché, il souhaite obtenir une réponse, intervient Rodolph qui apparaît à ses côtés.

Flottant dans un survêtement jaune élimé, le visage encore plus chiffonné qu'à l'accoutumée, le majordome donne l'impression d'avoir mordu dans un citron. Où est donc passé son flegme légendaire ?

— C'est affreux, se lamente une petite voix.

C'est celle de Clara, qui doit certainement coller aux talons de son frère. Machinalement, je me saisis de la lettre.

— Odile est partie on ne sait où, s'insurge Romain.

— Merci, mais je sais lire, le rembarré-je tout en découvrant le contenu de la missive.

Suis allée cueillir des pâquerettes pour Amandine.
Serai de retour en fin de journée.
Odile.

Eh bien ! Cette gamine ne manque pas d'air.

— Il n'y a pas de mauvaises herbes sur mes greens, commente Romain d'un ton acide.

Son regard dardé sur moi l'est tout autant. Pour un peu, il pourrait enflammer le papier.

— Mais il y a des lapins et des taupes, renchérit le majordome avec sérieux.

— Merci, Rodolph, mais je n'ai plus besoin de vous, s'énerve son patron.

— Je veux bien m'en aller, mais où ? Mademoiselle votre sœur a dérobé ma golfette. Je ne peux plus partir en balade. Ma journée est fichue... Fichue !

— Arrêtez de pleurnicher, Rodolph, je vous fais cadeau de cette journée. Vous pouvez disposer maintenant.

Juché sur ses patins de cirage, le dos voûté comme s'il portait toute la misère du monde sur les épaules, le majordome se retire lentement.

— Espérons que vous retrouverez votre sœur à temps, marmonne-t-il suffisamment fort pour que tout le couloir l'entende. Ou il y aura bientôt une nouvelle bouche à nourrir...

Il n'a pas achevé que son patron se rue sur lui, bousculant presque Clara, l'attrape par la manche et le ramène devant ma porte. Je tremble déjà dans mes pantoufles à la perspective de ce qui va suivre.

— De quoi parlez-vous, Rodolph ? tonne Romain.

— *The tattooed boy is back*.

— Je ne comprends rien à votre accent.

— Le tatoué est de retour, si vous préférez, répond Rodolph avec un reniflement désabusé. Et non, ce n'est pas moi qui ai fait entrer le loup dans la bergerie. J'étais en congé.

— Un tatoué ? De qui s'agit-il ? Soyez plus clair, s'il vous plaît.

— Enzo, souffle Clara, mettant une main devant la bouche d'un air catastrophé. Odile est foutue.

— Le voyou ! Bon sang, elle est bonne pour le pensionnat ! hurle son frère, rouge de colère. Robert va m'entendre. Je lui avais pourtant dit de ne pas...

Poursuivant sa phrase entre ses dents, il se saisit de son smartphone pour composer le numéro du gardien. Alors qu'une conversation animée s'engage, je sens le sang refluer de mon visage. Les mâchoires crispées, Romain ne me lâche plus des yeux. La fixité de son regard me donne la chair de poule. Ses doigts serrent si fort son portable que ses phalanges ont blanchi. Il s'imagine probablement les nouer autour de mon cou. Cette anticipation de l'avenir me cause une sensation d'étouffement.

Voilà, il sait tout ! Le coup monté, mon prétendu collaborateur, les instructions que j'ai communiquées à Robert... Tout m'incrimine : je suis faite comme un rat. Pour échapper à la colère de Romain, je n'ai pas trente-six solutions. Mon salut se résume à cette alternative : me barricader dans ma chambre ou m'enfuir. Je choisis la seconde option. Et je cours dans un réflexe de survie insensé. Ce que je ferai ensuite relèvera de l'improvisation.

Ainsi, j'enfile le couloir à toute berzingue, dévale l'escalier en trombe. Débouchant dans le hall, je revêts manteau et chaussures à la hâte. Une fois dehors, je m'élance vers la golfette du patron et m'installe au volant. Pourvu que je puisse partir loin d'ici, ma destination importe peu. Le cœur battant à tout rompre et les doigts tremblants, je perds quelques secondes à trouver la clé de contact, puis finis par allumer le moteur...

— Où comptes-tu aller comme ça ? gronde Romain qui s'est matérialisé comme par enchantement devant moi.

Planté en travers de ma route, il m'empêche d'avancer. Souhaitant chasser la peur qui me tenaille, j'inspire profondément. De l'air glacé pénètre dans mes poumons et me remet les idées à l'endroit.

— Je vais chercher Odile, pardi, répliqué-je bravement.

— Odile et son tatoué... qui est entré sur le domaine grâce à tes petites manigances.

— Oui, c'est bon, on a tout compris, m'impatienté-je. Tu m'accompagnes ou tu préfères continuer à t'égosiller dans le vide ?

— Sais-tu seulement où ils sont partis ?

— Ils n'ont pas dû aller bien loin. Monte.

— C'est moi qui conduis, scande-t-il, refusant de bouger, les bras croisés sur sa poitrine.

— Tu ne vas pas faire une crise de nerfs, j'espère. Nous perdons un temps précieux.

Pestant à tout-va, il abandonne sa position défensive et s'assied à mes côtés sur la banquette.

— Allez, avance ! tempête-t-il, survolté. On se bouge le train.

J'enclenche une vitesse, appuie sur la pédale d'accélération. Hélas, mes gestes ne produisent pas l'effet escompté. La golfette recule par saccades et tamponne le SUV de Romain. Aussitôt, j'essuie une bordée de jurons bien sentis de sa part. Je passe outre. L'instant d'après, je démarre – dans le bon sens, cette fois – et, pied au plancher, je m'enfonce dans le bois, slalomant entre les ornières et les racines des arbres.

Tandis que nous nous dirigeons vers le complexe hôtelier, Romain ne ménage pas les critiques à mon encontre. À moi seule, je cumulerais tous les défauts possibles et imaginables. J'en prends pour mon grade. Irresponsable, écervelée, menteuse, fourbe, mauvaise conductrice, têtue, et j'en passe. Me voilà rhabillée pour l'hiver !

— Par où commençons-nous à chercher ? me demande-t-il, changeant subitement de disque alors que nous émergeons de la forêt. En tant que complice d'Odile, tu devrais le savoir.

— Ta sœur a parlé de pâquerettes dans sa lettre. J'en déduis qu'elle est partie du côté des terrains de golf…

— Tourne à gauche, aboie-t-il, désignant de l'index un chemin de gravier qui s'éloigne du complexe hôtelier.

Maintenant que nous sommes à découvert, les rafales se déchaînent sur notre véhicule. Un vent de tous les diables souffle, siffle, sans néanmoins réussir à couvrir la voix de mon passager. Nous pouvons également voir très loin. Une belle pelouse inondée de soleil, des montagnes aux sommets enneigés – les Vosges – en toile de fond, mais pas un péquin à l'horizon.

Très vite, le sentier disparaît, et nous devons rouler sur l'herbe. Les manœuvres n'en deviennent que plus dangereuses ; un coup de volant un peu brusque pourrait nous renverser. Il suffirait d'une bosse pour que notre golfette bondisse dans les airs et retombe sur le flanc. Nous dépassons plusieurs fosses de sable – des bunkers –, dont la couleur blanche tranche radicalement sur la masse verte du gazon. Je m'en tiens à l'écart.

Véritable pile électrique, Romain ne cesse de me crier après, me menaçant des pires représailles si nous ne retrouvons pas sa sœur.

— À gauche... Non, à droite... Mais tu le fais exprès ! Tu n'as pas vu le tuyau ou quoi ? Attention ! Contourne la butte ou nous terminerons dans le décor... Et ça, c'est quoi, à ton avis ? Un bunker ! Alors, évite-le...

— Oh, la paix ! Je ne suis pas miro, grogné-je.

Après avoir serpenté en tous sens sur les terrains de golf, nous parvenons aux abords d'un gros amas rocheux. Obéissant aux ordres de Romain, j'emprunte le tunnel qui passe en dessous. Nous en ressortons quelques instants plus tard. Surprise de me retrouver au sommet d'une colline, je stoppe net. Action immédiatement accueillie par des rugissements de contrariété.

— Mais roule !

— Encore faudrait-il savoir où aller, ronchonné-je.

Depuis notre promontoire, nous pouvons apercevoir une vaste étendue d'eau d'un bleu saisissant, nichée au sein d'un écrin de verdure, avec les Vosges enneigées au loin pour parfaire le tableau. Mais toujours pas de golfette ni d'Odile. Romain ne me laisse pas le loisir d'admirer le paysage.

— Va vers le lac. Ils y sont sûrement.

— Si tu le dis.

Arc-boutée sur mon volant, je dévale la pente en zigzaguant entre les obstacles que Romain m'indique avec force braillements et gesticulations. Si on ne finit pas dans le fossé, je deviendrai sourde !

— Regarde... La golfette est là-bas, beugle-t-il, déchaîné. Dépêche-toi.

— Je fais ce que je peux.

À une bonne centaine de mètres, j'aperçois un bout de ladite voiturette arrêtée au bord du lac. Sa capote m'empêche de savoir si elle est occupée, et les nombreux arbustes qui poussent sur les berges dissimulent l'habitacle. Je me dirige droit vers elle. Toutefois, je veille à demeurer à l'écart de la rive détrempée pour ne pas embourber mes roues. Nul besoin de rajouter ce forfait à la longue liste des reproches dont Romain m'accable.

Il ne semble pas apprécier mon excès de prudence, aussi attrape-t-il le volant et tire dessus. Le désordre qui s'ensuit est digne de rivaliser avec les meilleurs numéros de clown.

16

— Par là ! vocifère Romain, s'accrochant au volant pour le faire tourner.

Il y réussit. Notre golfette vire brutalement à droite et fonce en direction du lac. Horreur ! Nous nous approchons trop près de la berge, nous roulons trop vite. Je lâche la pédale d'accélération et freine. Malgré mes efforts pour contrebraquer, les roues n'en font qu'à leur guise, patinent et nous éloignent de la voiturette d'Odile. Hélas, dans le même temps, la distance qui nous sépare de l'eau diminue dramatiquement.

Mais le pire est à venir : Romain saute du véhicule en marche.

— Si je les trouve en train de s'embrasser..., peste-t-il d'un ton de menace.

Mon Dieu ! Quelle mouche l'a piqué ? Emporté par son élan, il se met à courir, dépasse notre golfette que j'ai pu immobiliser en toute sécurité, et file droit vers l'eau. Poussé par de violentes rafales, il dévale le talus herbeux qui surplombe le lac.

— Arrête-toi, lui crié-je, les mains en porte-voix.

Mais il ne m'écoute pas et poursuit sa descente. Malmené par le vent, il bataille ferme pour écarter des mèches de devant ses yeux, ce qui explique peut-être pourquoi il bute sur un caillou et tombe la tête la première dans le lac.

L'idiot !

Se traînant à quatre pattes dans ses eaux peu profondes, il se débat pour se remettre debout. Comment pourrais-je le secourir ? Je n'ai pas envie de salir mes chaussures. D'un autre côté, il risque la mort.

— Viens m'aider, rugit-il, tournant son visage maculé de boue vers moi.

Je sors de la golfette et le rejoins avec prudence, afin de ne pas glisser moi aussi. Il hurle des injures que je ne préfère pas répéter. Finalement, il serait plus sage de l'abandonner à son sort. Se redressant de toute sa hauteur, il émerge du lac. Son blouson et son jean dégoulinent d'une vase immonde et gluante qui altère jusqu'à la blancheur de son col de chemise.

— Ah, ah ! Cela te fait rire, n'est-ce pas ? fulmine-t-il.

— Pas du tout. Je...

— Silence. Tu n'es qu'une catastrophe ambulante.

Ah non ! Je ne resterai pas les bras ballants à me laisser insulter.

— Cesse de brailler, lui intimé-je, les mains sur les hanches. On t'entend jusqu'au manoir.

— Je braillerai si j'en ai envie. Le monde entier doit apprendre quel danger tu représentes pour l'humanité. Tu saccages les bouquets de fleurs que l'on t'offre, tu rayes mon Range Rover, tu joues à cochon pendu sur les étagères des bibliothèques, tu me précipites dans le lac...

— Primo, personne ne t'a demandé de m'offrir des fleurs, m'énervé-je. Secundo, une ou deux éraflures n'empêcheront pas ta voiture de rouler. Tertio, ce n'est pas ma faute si les échelles de ta bibliothèque sont bancales. Quarto, tu n'aurais dû quitter la golfette qu'après son arrêt complet. C'est toi, l'irresponsable.

— Objection. Je n'aurais jamais fini dans cette bourbe si tu m'avais laissé le volant.

— Oh, la barbe ! Je te trouve bien douillet. Ce n'est que de l'eau.

— De la bourbe... C'est de la bourbe gelée, aboie-t-il encore. Espèce de...

Il se tait brusquement. Ses yeux qui me foudroyaient d'éclairs se fixent sur un point à ma droite. Je me tourne dans cette direction et découvre... Odile, l'air affolé, et le fameux Enzo, alias le tatoué.

S'il a des tatouages, il faut bien les chercher : je n'en aperçois aucun. Quant à son anneau à l'oreille, il est très discret. J'aimerais bien savoir pourquoi Romain le traite de voyou. Moi, je ne vois qu'un adolescent comme tant d'autres. Un freluquet brun à poil ras, avec un peu d'acné et fagoté comme un dernier de la classe. Tout ce qu'il y a de plus classique, en somme.

— Ro... Romain, bafouille Odile. Tu es... tout mouillé. Tu vas attraper du mal.

Elle ôte son blouson et court le jeter sur les épaules de son frère. D'un caractère altruiste, Enzo donne son écharpe à l'infortuné.

— Merci, mais ça ne vous dispensera pas d'explications, jeunes gens.

Sur cette remarque acerbe, Romain se dirige droit vers moi et me tend une poignée de boue.

— Tiens ! grogne-t-il, vindicatif. Cadeau ! Celui-là, au moins, tu ne le saccageras pas.

— Non merci. J'ai passé l'âge de faire mumuse avec de la terre glaise.

Là-dessus, je m'écarte. À la lueur sinistre dans ses yeux, je devine qu'il aimerait me tordre le cou. Heureusement pour moi, il reporte son attention sur sa sœur.

— Odile, tu es priée de rentrer sur-le-champ au manoir. Tu seras consignée dans ta chambre jusqu'à nouvel ordre.

— Mais Romain...

— Il n'y a pas de « mais » qui tienne, Odile. Et vous, jeune homme, vous allez me faire le plaisir de retourner d'où vous venez. Vous n'êtes pas le bienvenu ici.

— Je... je ne voulais pas..., commence l'intéressé.

— Mais Romain, je t'assure que nous ne faisions rien de mal, se justifie Odile. Nous nourrissions les canards.

— Et pourquoi pas les lapins et les taupes, tant qu'on y est ?

— Votre sœur dit vrai, nous...

Le regard fuyant, Enzo poursuit son plaidoyer par des paroles inintelligibles. J'en profite pour intervenir.

— Allons, Romain, tout le monde n'est pas comme toi, à embrasser les filles pour les jeter ensuite ! proféré-je sur un ton revanchard. Enzo est un garçon sérieux.

— Tout à fait. Enzo sait se tenir, renchérit Odile, supportée par les hochements de tête du susnommé.

Les vêtements dégouttant de boue, Romain souffle bruyamment et entreprend de remonter le talus herbeux qui mène à notre véhicule.

— Odile, ton copain et toi, rejoignez votre golfette et suivez-moi, ordonne-t-il. Amandine, c'est moi qui prends le volant.

— Tu n'y penses pas ! me récrié-je, outrée. Regarde dans quel état tu es.

— La faute à qui ?

— La faute à ton impatience, persiflé-je.

Allongeant la foulée, je le dépasse et fonce droit vers notre voiturette, poursuivie par une bordée de jurons. Il peut toujours braire, c'est moi qui conduirai.

17

Lundi 19 décembre

Après m'avoir traitée comme un mouchoir jetable, Romain s'est pris un sévère retour de karma. Plouf ! Il a atterri la tête la première dans un lac gelé.

N'allez pas croire que je m'en sois réjouie – enfin, juste un peu !

Mais avouez tout de même que Romain ne l'a pas volé. Il aurait surtout dû écouter le proverbe alsacien qui dit : « Qui sème la discorde travaille pour la grange du diable. »

Hier, c'est moi qui ai conduit la golfette sur le trajet du retour. Transi, Romain grelottait tant qu'il en bégayait et ne parvenait plus à crier. Le rêve pour mes tympans ! Arrivée au manoir, je l'ai confié au majordome. Lequel a failli tomber en syncope en découvrant dans quel piteux état était son patron.

Dans le même temps, j'ai envoyé Odile dans sa chambre. Puis j'ai raccompagné Enzo à son scooter, caché dans le bois. Pauvre garçon ! Il paraissait très triste à l'idée de ne plus revoir sa petite amie. Promis juré, je ferai tout mon possible pour arranger la situation.

Le reste de la journée s'est passé dans le calme, pour la simple et bonne raison que toute la maisonnée s'est tenue tranquille. Même Clara n'a pas osé jouer de la batterie.

Aujourd'hui, je ne devrais pas rencontrer de pépin majeur. Et pour cause : Romain est malade. Rodolph dit qu'il a de la fièvre et ne veut voir personne. Il demeure enfermé dans son bureau et refuse d'en sortir.

Je profite de son indisposition pour avancer mon travail. On bosse tellement mieux sans chef sur le dos. La matinée durant, je reçois les livreurs et veille à ce qu'ils installent le mobilier de location selon mes plans. Décorations, luminaires, estrades, piste de danse, gloriette, arches de mariage, tapis trouvent leurs places dans les salles respectivement prévues pour la cérémonie nuptiale symbolique et la fête.

L'après-midi, j'ai la bonne surprise de voir débarquer le directeur de l'hôtel, un homme charmant et d'un abord facile. Je lui remets la liste des chambres que Romain a choisies pour les invités. Il m'assure que l'établissement sera opérationnel dès mercredi. Room service, navette aéroport, restauration, espace bien-être entreront alors en fonction. En ce qui concerne les illuminations de Noël et le sapin géant que j'avais imaginés, il me confirme qu'ils seront installés à temps.

Je suis une organisatrice de mariages comblée : tout va comme sur des roulettes. Le cœur léger, je rentre au manoir où un drame de niveau 10 sur l'échelle des Dramas est en train de se jouer. Je n'ai pas terminé d'enfiler mes pantoufles qu'une Clara en pleurs, cheveux roux en désordre, se précipite sur moi et m'arrose de ses larmes.

— Amandine, c'est ho... horrible... sniff... Il faut... sniff... nous aider...

— Mais que t'arrive-t-il ?

Émue, je lui tends un mouchoir en papier. Elle le récupère et se mouche bruyamment dedans.

— Odile... Romain... Tout est fini... Ses valises... La Suisse...

Ses paroles sont on ne peut plus confuses, mais j'en ai saisi la teneur.

— Ton frère veut envoyer Odile dans un pensionnat en Suisse ? reformulé-je. Ne t'inquiète pas, je suis persuadée qu'il ne mettra pas ses menaces à exécution.

— Mais si ! couine Clara tout en frappant du pied. Il l'a dit, il le fera.

Et elle éclate en sanglots. Désemparée, je lui tapote l'épaule. Cela me fait mal au cœur de la voir dans cet état. Cependant, sa réaction me semble exagérée. Jamais Romain ne se montrerait aussi cruel envers ses sœurs. Le départ d'Odile fragiliserait sa famille, déjà durement touchée par deux décès. Et ça, il le sait.

— Allons, calme-toi, Clara. Tout va bientôt s'arranger...

La voix tonitruante du majordome retentit soudain et m'empêche d'achever :

— Nous payons tous nos erreurs d'une façon ou d'une autre, déclame-t-il d'un ton placide.

Je me tourne vers lui. Livrée noire galonnée d'or, patins de cirage aux pieds, maintien guindé, plateau à la main, petits yeux enfoncés, visage parcheminé, crâne dégarni : tout paraît à sa place, sauf peut-être les neurones.

— Et ça vous fait plaisir ? m'insurgé-je.

— Qu'importe ce que je pense ! Le maître a pris sa décision. Personne ne pourra infléchir sa volonté.

— Où est ce margoulin, que j'aille lui dire ses quatre vérités ?

— Dans son bureau, en train d'organiser le départ de Mlle Odile.

— Je ne veux pas qu'elle s'en aille, pleurniche de nouveau Clara, ses yeux verts embués de larmes.

Le pas décidé, je traverse le hall, direction le bureau du dictateur. Le majordome me bloque alors le passage et m'apostrophe en ces termes :

— Puisque vous allez voir mon maître, profitez-en pour lui faire avaler son remède.

Je scrute avec méfiance le plateau qu'il me tend. Un verre d'eau, une gélule et un bol de bouillon clair le garnissent.

— Je ne suis pas son infirmière, rétorqué-je, irritée.

— Vous ne ressemblez pas à la dernière en date. Mais vous avez plus de plomb dans la tête qu'elle.

Cette allusion à l'ex-petite amie de Romain est à peine voilée. Préférant l'ignorer, je récupère le plateau. Ainsi délesté, Rodolph me remet une clé passe-partout avant de détaler, plus véloce qu'un patineur. Clara sur les talons, je gagne le couloir que de joyeuses guirlandes lumineuses éclairent.

— Peux-tu frapper à la porte, s'il te plaît ? demandé-je à la fillette tandis que nous parvenons devant le bureau de son frère. J'ai peur de renverser le plateau.

Sans cesser de renifler, elle s'exécute.

— La paix ! beugle Romain. Je ne veux plus être dérangé.

— Eh bien, il le faudra ! répliqué-je aussi fort. Nous devons parler.

Je me penche vers Clara et lui demande de déverrouiller la porte avec le passe-partout. Ce qu'elle fait.

— Maintenant, laisse-moi seule avec ton frère, ajouté-je.

— Mais s'il te prive de dîner ? gémit la fillette.

— Oh ça, il peut toujours essayer, grogné-je tout en montrant les dents.

Elle accepte de retourner dans sa chambre. L'instant d'après, je pénètre dans l'antre du tyran. Sombre, lugubre et dépourvu de décorations de Noël. Je peux tout de même apercevoir le visage morne de Romain, éclairé par un écran d'ordinateur.

— Encore toi ! brâme-t-il, les yeux brûlants de fièvre. Sors d'ici immédiatement, je ne veux plus te voir.

— J'en ai autant à ton service. Épargne-moi tes reproches absurdes, s'il te plaît. Je ne compte pas m'éterniser dans ton cloaque, j'aspire à plus de légèreté, figure-toi. Mais il faut bien que quelqu'un se dévoue pour oxygéner ton cerveau.

— Je n'ai jamais eu les idées aussi claires que...

— Ça suffit ! m'énervé-je, pressée d'en finir. Fais-moi le plaisir de prendre ton antalgique, et vite.

J'ai dû faire preuve de persuasion, car Romain se penche sur le plateau que j'ai déposé devant lui, et attrape verre d'eau et gélule.

— Allez ! On se dépêche, insisté-je.

Les bras croisés sur la poitrine, j'attends qu'il ait ingéré son médicament pour lui tendre sa cuillère.

— Et maintenant, au tour de la sousoupe.

— Je n'ai pas faim, regimbe-t-il, refusant de bouger.

— L'appétit vient en mangeant.

Sur ces mots, je plonge la cuillère dans le bouillon clair, la remplis avant de l'approcher de son visage avec d'infinies précautions. Les sourcils froncés et la bouche grimaçante, il accepte d'avaler une gorgée, puis deux. Quelle satisfaction de se voir obéie !

Les minutes passent. Il récupère la cuillère, et son bol se vide sans que j'aie plus besoin d'intervenir. De la sueur inonde peu à peu son front. La fièvre est en train de baisser. Le moment d'attaquer est enfin venu.

— Tu ne dois pas envoyer Odile en Suisse, lui dis-je avec détermination.

Au lieu de riposter, il enfonce la tête dans ses mains et pousse un gros soupir.

— Je ne me souviens pas d'avoir été aussi difficile qu'elle, à son âge, se défend-il.

— Tu as la mémoire courte. Ta bande de copains et toi terrorisiez tous les gosses de votre entourage.

— Mais je ne fumais pas ni ne me teignais les cheveux en rose.

— Tu préférais repeindre en rouge le cartable de ta cadette, rétorqué-je, me remémorant la fois où Lorraine s'était plainte de la mauvaise blague de son frère.

— Ce qui ne faisait pas de moi un voyou.

— Dit celui que tout le lycée considérait comme un sale gosse de riche.

— Tu peux parler, toi ! maugrée-t-il. Tu ne sais pas ce que c'est d'élever des sœurs. Il y a des jours où je maudis mon père de m'avoir laissé ce fardeau.

— Fiche la paix à Odile, et tout deviendra plus facile. Pour commencer, ne l'envoie pas au pensionnat. Elle ne pourra pas se structurer si elle est loin de sa famille. Et Clara a tellement besoin de sa sœur.

— Je n'avais pas l'intention de l'y envoyer, dément-il.

— Contente de te l'entendre dire ! Tu devrais aussi la laisser voir son petit ami.

— Le tatoué ? Plutôt crever.

— Que reproches-tu à ce garçon ? objecté-je. Moi, je le trouve tout ce qu'il y a de plus correct. Il est bien élevé, aimable et en plus, il a bon cœur : il t'a refilé son écharpe.

S'ensuit un silence pendant lequel Romain fixe son bol et en ratisse le fond avec sa cuillère. Les crissements qui en résultent me donnent la chair de poule, mais je tiens bon et me tais pendant que ses cellules grises fonctionnent à plein régime.

— Pas plus de deux fois par semaine, et seulement en présence d'un adulte.

— Un chaperon ? m'écrié-je. Comme à l'ancien temps.

— Eh oui ! C'est à prendre ou à laisser.

— Mais où va-t-on ? Dans ce cas, tu ne verras pas d'inconvénients à ce qu'on invite Enzo au mariage de Lorraine. Il y aura tout plein d'adultes pour le surveiller.

Romain ouvre et ferme la bouche à plusieurs reprises, mais aucun son n'en sort. Assimilant sa réaction à un oui, je lui décoche mon plus beau sourire.

— Parfait. Je vais de ce pas annoncer la bonne nouvelle aux filles. Quant à toi, continue de prendre tes remèdes si tu veux être guéri pour Noël.

Là-dessus, je tourne les talons.

18

Mardi 20 décembre

Peut-être devrais-je ajouter de nouvelles compétences à mon curriculum vitæ ? Infirmière à temps partiel et médiatrice. Grâce à moi, Romain sera bientôt sur pied, et Odile ne partira pas en pension. Elle aura même le droit de voir Enzo très souvent. Quel n'a pas été son bonheur lorsque je lui ai annoncé que son petit ami serait invité au mariage de son aînée !

Romain était encore mal en point ce matin. À la demande expresse de Rodolph, je me suis de nouveau rendue à son chevet afin de lui administrer ses médicaments. Je l'ai trouvé alité, les yeux fiévreux et le visage pâle. Il ne cessait de tousser et en voulait à la terre entière. Passant outre à sa mauvaise humeur, je lui ai fait boire quelques gorgées d'une potion concoctée par la cuisinière. La mixture n'a pas semblé lui plaire. Sitôt ingurgitée, elle a été expulsée sur la couette. Dans la foulée, Romain m'a agonie d'insultes. Comme si j'étais responsable de son immaturité ! Je ne l'ai pas revu depuis, mais au dire du majordome, il se porterait mieux. Il serait même allé faire des courses à Eguisheim...

C'est aujourd'hui que Lorraine arrive au manoir. Ses sœurs sont folles de joie. En cette fin d'après-midi a lieu la séance d'essayage des robes, ce qui enchante beaucoup moins Odile. Pour l'occasion, nous nous sommes installées dans la véranda.

Élisabeth et Salomé, les deux amies de la zumba de Lorraine, sont de la partie. Je ne suis pas d'une nature moqueuse, ni même insensible à la détresse d'autrui, mais il me faut une forte volonté, devant leurs mines renfrognées, pour réprimer le rire qui s'est emparé de moi.

Ipso facto, je demeure en retrait, feignant de m'intéresser au coucher du soleil au-dehors pendant que deux couturières s'affairent. Épingles aux lèvres, elles ajustent les tailles, faufilent les ourlets, tournent autour de leurs clientes à la recherche de faux plis ou de pans de tissus qui bâillent.

Blanche est la robe de mariée, avec un bustier cintré à manches longues et brodé de fine dentelle. La jupe évasée se compose de plusieurs couches de tulle pailleté. Perles et fleurs en organza décorent l'ensemble sans le surcharger. Déclinées en rose fuchsia, les robes de demoiselles d'honneur ne donnent pas la même impression de légèreté. Ruchés, volants et nœuds en dérangent l'harmonie.

— D'avance pardon, Lorraine, si je peux te paraître ingrate, mais qui a choisi ces m... ces robes ? s'exclame Salomé, une grande brune très maigre aux pommettes hautes et aux yeux sombres un peu cernés.

— Quand je disais qu'on ressemblait à des meringues dedans, personne ne me croyait, s'immisce Odile, bougonne. Remercions Clara pour cette brillante idée.

— Amandine m'a beaucoup aidée, se défend la benjamine d'une toute petite voix, sentant peser sur elle les regards désapprobateurs.

— Tu n'en voudrais pas une comme les nôtres, Amandine ? susurre Élisabeth, une blonde platine très sophistiquée, aux yeux bleus trop maquillés et à l'accent traînant.

— Je ne suis pas demoiselle d'honneur, rétorqué-je avec mon plus grand sourire.

— Amandine organise mon mariage.

— Dommage, ton amie aurait été superbe dedans, raille Élisabeth. Avec un diadème ou une toque à plumes sur la tête, ce serait parfait.

— Oh oui ! J'aimerais bien avoir une couronne de princesse, rebondit Clara qui applaudit.

— Je plaisantais, articule la blonde platine.

— Des blagues comme celle-là, on s'en passe, grommelle Salomé. Si quelqu'un a le malheur de rajouter une fleur, un nœud ou quoi que ce soit d'autre...

Elle n'achève pas, car Lorraine part d'un grand éclat de rire.

— Je ne te savais pas aussi râleuse, Salomé.

— Comment veux-tu que je trouve un mari dans cette tenue ?

— Et moi donc ? soupire Élisabeth.

— Oh non ! Si Enzo me découvre habillée ainsi…, s'écrie Odile, catastrophée.

— Il est invité ? lui demande son aînée à brûle-pourpoint. Je croyais que Romain refusait d'entendre parler de lui.

— Amandine a tout arrangé, annonce Clara avec fierté. Enzo pourra venir au mariage, et Odile aura le droit de le voir deux fois par semaine si elle est accompagnée d'un adulte.

— Là, tu m'épates, Amandine, me lance Lorraine, les yeux écarquillés.

Peut-être me fais-je des idées, mais le regard qu'Élisabeth darde sur moi est beaucoup moins admiratif.

— Au fait, ton frère est ici, Lorraine ? s'enquiert-elle. On n'a pas encore vu le bout de son nez.

— Il est parti faire des courses en ville, répond Lorraine, retenant sa respiration pendant que la couturière retouche sa taille.

— Dis-lui de venir nous saluer à son retour.

— Attention, sujet sensible ! annonce Salomé. Élisabeth en pince encore pour Romain.

— N'importe quoi. Nous deux, c'est fini.

— Peut-être vous remettrez-vous ensemble pendant mon mariage. Il est toujours célibataire depuis votre rupture.

Allez savoir pourquoi, je ressens un désagréable pincement au cœur en entendant Lorraine prononcer ces paroles. Ainsi, Élisabeth est sortie avec Romain. Elle est telle que j'imaginais la femme digne de lui : belle, élancée, élégante, les cheveux blonds lissés, de grands yeux bleus, de longs cils, une bouche bien dessinée. Quand on sait que Liesel – le prénom que j'avais considéré comme convenable – est le diminutif d'Élisabeth, on frise la sublime perfection.

Je n'écoute pas la suite de la conversation. Tandis que mon esprit vagabond s'égare dans une impasse, mes jambes m'éloignent de la véranda. J'erre dans les couloirs, vides. Mes pas me conduisent à la bibliothèque qu'éclaire la lueur rougeoyante d'un feu de cheminée mourant.

Pourquoi ne me plongerais-je pas dans un livre, histoire de décompresser ? Quoi de mieux qu'un peu de lecture pour se ressourcer ? L'organisation de ce mariage me pompe beaucoup trop d'énergie et me rend émotive. Cela ne me ressemble pas de soupirer après un type qui n'est pas fait pour moi.

Me sentant en confiance au milieu de tous ces bouquins, je referme la porte derrière moi. J'y vois très bien, aussi je n'allume pas les lampes. À la clarté rougeâtre des braises dans l'âtre, j'inspecte les étagères, tout en évitant les échelles. Cette fois-ci, je ne monterai pas dessus. Un rayonnage retient tout particulièrement mon attention, car il est garni d'ouvrages historiques sur l'Égypte antique. Curieuse, je les consulte.

Ici, ce sont des recueils d'articles consacrés aux techniques de fouilles. Un peu plus loin, je reconnais des traités sur les hiéroglyphes. Près d'un bar à alcools, il y a des albums de voyages illustrés. J'en sélectionne quelques-uns. Si le temps me manque, je les emporterai dans ma chambre pour les lire ce soir.

Alors que je m'attarde sur un inventaire de bijoux anciens, des bruits de pas me parviennent du couloir. On vient. Vite ! Partir d'ici avant que l'on me surprenne en train de fainéanter. Mes livres à la main, je me dirige vers la sortie. En entendant les rires d'une femme, entrecoupés par la voix grave de Romain, je me fige.

Mue par un ressort secret, j'abandonne mes trouvailles sur un fauteuil et file me cacher derrière le bar à alcools, entre ses deux caissons de rangement. Ai-je été bien avisée ? La porte grince sur ses gonds, puis claque. Des chaussures qui piétinent, des crissements de tissus, des gémissements sourds... Oh mon Dieu, non ! Dites-moi que je me trompe. Hélas, j'ai bien peur de m'être fait enfermer avec Romain et sa petite amie. C'est bien ma veine.

— Élisabeth, non. N'insiste pas.

— Laisse-toi faire, Romain. Ta Liesel chérie va s'occuper de toi. Comme au bon vieux temps. Tu ne le regretteras pas.

Pourquoi ne suis-je pas étonnée d'entendre Élisabeth ? Qui d'autre qu'elle pouvait l'accompagner dans un coin obscur ? L'infirmière reprend du service : quel professionnalisme !

— Non, vraiment, je... Lâche ça, Élisabeth.

— Ce que tu peux être tendu aujourd'hui, minaude la blonde. S'il te plaît, ne me résiste pas. Tu verras, je suis devenue une experte en...

— Arrête ça immédiatement. Je ne souhaite pas renouer avec toi.

— Mais tu m'as tellement manqué. Nous allions si bien ensemble.

— Nous en avons déjà discuté : nous deux, c'est fini. Tu devrais te montrer raisonnable et... Sors tes mains de là ! gronde Romain.

Des pas rageurs retentissent sur le plancher de bois. Oh non ! Il vient par ici. Frémissante d'appréhension, je me rencogne dans le fond de ma cachette et ferme les yeux. Pourvu qu'il ne passe pas derrière le bar à alcools.

— Je t'offre un verre de schnaps. Ensuite, tu partiras sans faire d'histoire, je te le demande, ajoute-t-il d'un ton catégorique.

Sa voix résonne si fort à mes oreilles que je tressaille d'effroi et soulève les paupières. Ses jambes m'apparaissent alors, car il s'est appuyé au comptoir du bar pour se servir.

— Romain, je t'en prie..., le supplie Élisabeth.

— Non. Reste où tu es.

Terrorisée, je me recroqueville. Si jamais Romain baisse les yeux, il m'apercevra. Et je serai faite comme un rat. Pourquoi, mais pourquoi ne me suis-je pas cachée derrière une tenture ou un fauteuil ? Seul atout dans ma manche : personne n'a eu la mauvaise idée d'allumer les lampes.

— N'approche pas, Élisabeth, répète-t-il d'un ton encore plus sec.

Ouf ! Il s'éloigne pour lui porter son verre. Je suis sauvée.

— Mais enfin, tu ne peux pas me chasser ainsi, proteste Élisabeth.

— Si. Je le peux. Rejoins vite mes sœurs, ou elles s'inquiéteront de ton absence.

Des froissements de tissus et des soupirs m'indiquent que l'amie de Lorraine oppose un peu de résistance. Puis la porte claque. Une clé tourne dans la serrure, je l'entends nettement grincer.

— À nous deux, Amandine, chuchote Romain.

Misère ! Mon compte est bon.

19

— Inutile de te cacher, je sais que tu es ici, continue Romain.

Comme mon silence se prolonge, il se met en mouvement. Lentement. Tout en veillant à frapper le parquet de ses pieds pour m'avertir de son approche.

— Et je sais où tu es.

Il contourne le bar à alcools et se place devant l'unique issue à ma disposition.

— Sors de là, Amandine, ajoute-t-il, tapant du poing sur le comptoir.

Mortifiée, je n'ose plus bouger. Je me sens ridicule.

— Tu es plus alerte, d'habitude, quand il est question de saler les factures ou de m'envoyer dans le lac, me dit-il, enfonçant le bout de sa chaussure dans mes côtes.

— Aïe ! Tu m'as fait mal.

— Ah, enfin ! Tu te décides à parler.

En guise de riposte, je lui décoche un coup de pied dans le tibia.

— Bon sang ! se plaint-il. Non seulement tu m'espionnes, mais en plus, tu m'agresses.

— C'est un prêté pour un rendu. Et je ne t'espionnais pas, j'étais là avant toi.

— La demoiselle a réponse à tout. Comptes-tu passer la nuit derrière ce meuble ? Si tel est le cas, dois-je demander à Rodolph de t'apporter ton dîner et des couvertures ?

— Oh que non ! m'énervé-je.

Il s'accroupit devant moi. Dans la pénombre rougeâtre de la pièce, je n'entrevois que ses yeux brillants. Ceux d'une bête sauvage prête à bondir sur l'ennemi. La guerre a commencé. Méfiante, je me rencogne davantage.

— Sors de là, Amandine, répète-t-il. Tout de suite.

— Pousse-toi. J'exige que tu laisses une distance de sécurité entre nous.

— Aurais-tu peur de moi ?

— Même pas en rêve ! Mais je préfère prendre mes précautions. La façon dont tu traites les femmes laisse à désirer.

— Si tu veux parler de la petite scène de tout à l'heure, sache que tes conclusions sont erronées. J'ai rompu avec Élisabeth voici plus d'un an, et je n'ai aucune envie de renouer avec elle.

— Ah bon ? Dans ce cas, que faisiez-vous dans les bras l'un de l'autre ?

Je l'entends toussoter, comme s'il avait avalé de travers. Il met plusieurs secondes avant de me répondre.

— Je suis quelqu'un de bien. C'est elle qui s'est jetée sur moi, mais comme tu as pu le constater, je l'ai repoussée. Maintenant, sors.

Il recule. Je tente de m'extirper de ma cachette, mais quelque chose me retient par l'épaule. Je me débats, remue en tous sens pour me libérer, rien n'y fait. Mon chemisier s'est accroché à un clou ou à quelque chose dans le genre.

— J'attends, s'impatiente Romain. Je n'ai pas toute la journée.

— Hum... En fait, je...

— Oui ?

— Je n'y arrive pas, débité-je d'une toute petite voix. Je suis... retenue.

— Retenue ?

— Je suis coincée, quoi !

— Comme c'est intéressant, ricane-t-il. Tu t'es encore mise dans une situation embarrassante : cela devient une habitude chez toi.

— Personne ne t'a demandé de commenter. Aide-moi, au lieu de faire de l'esprit.

Hilare, il s'agenouille de nouveau et avance le bras.

— Attrape ma main, elle ne te mordra pas, raille-t-il.

— Sait-on jamais !

Ravalant ma dignité blessée, j'accepte.

— Hé ! Pas si fort, protesté-je, alors qu'il me tire vers lui sans ménagement. Tu vas déchirer...

Un crissement de tissu m'interrompt. Dans la foulée, je suis propulsée en avant. Perdant l'équilibre, Romain tombe à la renverse en même temps que je m'affale de tout mon long sur lui.

— Zut ! pesté-je, me débattant pour me relever.

Pris d'un fou rire, il ne cherche même pas à se dégager. Une fois debout, je l'abandonne à son hilarité et évalue les dégâts. Ma manche gauche est déchirée et pendouille piteusement. La guigne ! C'était mon chemisier préféré.

— Tu l'as massacré. Il est foutu, fulminé-je, brandissant mon bras.

— Ce n'est pas une grosse perte. Il ne t'allait pas.

— Quoi qu'il en soit, tu me dois un chemisier. Je t'enverrai la facture.

Alors qu'il commençait seulement à se redresser, ma remarque le plie de nouveau en deux. Je n'ai pas l'intention de jouer les amuseurs publics. Je récupère les livres que j'avais sélectionnés avant ce fâcheux incident et me dirige vers la porte. Avant que j'aie pu l'atteindre, Romain m'attrape par la manche – celle qui est encore indemne –, me tire vers lui et m'enlace.

— Attends, Amandine, tu n'aurais pas oublié quelque chose ? susurre-t-il, rivant ses yeux aux miens.

— Non.

— N'aurais-tu pas envie de reprendre ce que nous avons interrompu l'autre soir ?

— Certainement pas.

Il passe un doigt sur mes lèvres et les caresse doucement. Tout en sachant que je commets une erreur magistrale, je les entrouvre légèrement. Un sourire malicieux se dessine sur son beau visage, qu'éclaire la lumière rougeâtre de l'âtre.

— Menteuse, murmure-t-il, se penchant vers moi.

Je ne réplique pas, trop troublée par cet échange intime. Il y voit une invitation à poursuivre et effleure ma bouche de la sienne. Quoique sur la défensive, je me laisse aller contre lui et, poussant un soupir éloquent, réponds à son baiser. C'est plus fort que moi, il embrasse si bien...

Alors que mes idées s'embrouillent, un bruit sec et inattendu éclate. Au même moment, Romain se crispe et lâche un affreux juron. Mince ! Mes livres lui sont tombés sur les orteils. Libérée de son étreinte, je me dépêche de les ramasser et me précipite vers la porte.

— Bonne fin d'après-midi, Romain. Je te recommande un bain froid pour tes pieds... et pour tout le reste, lui lancé-je en grimaçant.

— Merci pour le conseil, grogne-t-il. Je ne te raccompagne pas, tu connais le chemin.

20

Mercredi 21 décembre

Je vais bien... Aussi bien que si j'étais assise sur un siège éjectable. Je ne cesse de me demander comment la situation a pu déraper de la sorte. Il serait temps que je me ressaisisse et que j'arrête de croire au père Noël. Les filles comme moi n'intéressent pas les hommes comme Romain. Elles sont juste des sujets de moquerie.

Aujourd'hui, le spa de l'hôtel ainsi que tous ses autres services ont rouvert. Lorraine m'a proposé d'en profiter avant l'arrivée des premiers invités, attendus pour demain. Comme ses amies de la zumba ont également été conviées, j'ai décliné l'offre. Je n'ai aucun atome crochu avec elles. Leurs conversations m'ennuient. En outre, Élisabeth m'exaspère depuis que je l'ai surprise en pleine opération séduction.

Mais après une matinée de travail dehors, je suis amenée à reconsidérer la question. Certes, le soleil n'a cessé de briller dans un ciel pur, comme c'est rarement le cas en cette saison, et le vent s'est calmé, mais un froid polaire sévit. Mes doigts sont devenus blancs, mon nez rouge, tandis que le technicien et moi-même testions les canons à neige et le groupe électrogène. J'ai en effet prévu une entrée des mariés sur des traîneaux tirés par des chiens. La neige est donc un élément indispensable à mon plan.

Les sandwichs que j'ingurgite à midi me convainquent d'accepter la proposition de Lorraine. Ils sont aussi gelés que mes mains. Une fois le technicien parti, je gagne l'espace bien-être de l'hôtel. La perspective de me plonger dans un jacuzzi brûlant aura influencé ma décision. J'emprunte maillot de bain et serviette auprès de l'hôtesse à l'accueil, puis pénètre dans ce qui ressemble à une serre.

L'endroit est conforme au reste du domaine. Majestueux et paradisiaque. Un fouillis de plantes exotiques et de hautes lianes cache les murs environnants. Du coup, on pourrait se croire en pleine forêt pluviale sans cette verrière au plafond. Il règne ici une moiteur tropicale, entretenue par les brumes que projettent des gicleurs.

Au sol coule une rivière d'où s'échappe de la vapeur. J'abandonne ma serviette sur le bord, me glisse dans l'eau chaude et me laisse porter par le courant. Après avoir suivi de nombreux méandres à la nage, je débouche dans un bassin en forme de haricot. Lorraine et ses demoiselles d'honneur s'y trouvent déjà. Je me joins à ses sœurs, trop courbaturée pour envisager de pédaler sur des *aquabikes* avec ses amies de la zumba et elle.

Du coin de l'œil, j'observe Élisabeth avec une pointe d'envie. Cette fille va finir par me donner des complexes. Elle est parfaite de la tête aux pieds. Je me demande bien pourquoi Romain n'en veut plus. La trouve-t-il assommante ? C'est fort probable.

Quoi qu'il en soit, ce n'est rien en comparaison de ce qu'il pense de moi. Il m'a taxée de catastrophe ambulante, après m'avoir longtemps traitée de hamster. Et comme j'ai quelques kilos en trop, notamment au niveau des poignées d'amour… Quel nom idiot pour de simples bourrelets logés sur les hanches ! S'ils sont réellement destinés à cet usage, les miens n'ont pas beaucoup servi en trente ans.

En même temps que cette réflexion m'arrache une grimace de dépit, je repense aux mains de Romain sur ma taille… lorsqu'il m'embrassait… par deux fois… dans la bibliothèque… Des baisers qui se sont soldés par des fiascos. Je l'ai croisé ce matin au petit déjeuner, il boitillait et tirait une tête de dix kilomètres de long. Est-ce ma faute si ce type est maladroit ? Et en plus, il a un caractère de cochon.

Trois quarts d'heure après mon arrivée dans le bassin, Lorraine et ses amies décrètent qu'elles se sont assez dépensées pour aujourd'hui, aussi sortons-nous de l'eau. Enroulées dans des serviettes récupérées sur un chariot, nous rejoignons une placette nichée dans la fausse jungle. Il s'agit en réalité de la terrasse d'un bar. Plusieurs tables, vides, y ont été dressées. Nous nous installons à l'une d'elles. Je suis incapable de mettre un nom sur toutes les fleurs qui nous entourent. Tout ce que je sais, c'est qu'une harmonie de rouge et de jaune domine, et le dispute à un dégradé de vert.

Une serveuse vient prendre notre commande. Mojitos pour Lorraine et ses amies. Thé aux vertus amincissantes pour moi. Lait-grenadine pour Clara. Et de nombreuses protestations pour Odile, quand on lui répond que l'alcool est interdit aux moins de dix-huit ans.

— De quoi te plains-tu ? lui dit Élisabeth. Seize ans, c'est le plus bel âge. Il ne connaît ni les rides ni les graisses superflues... Pas vrai, les filles ?

Je sursaute en constatant qu'elle me regarde fixement. Hé ! J'aimerais bien savoir pourquoi elle me cherche. Par chance, Salomé se charge de lui river le clou :

— Tout le monde n'a pas envie de se bourrer de Botox ni de s'affamer, ma vieille !

— N'empêche que mes efforts ont porté leurs fruits, claironne Élisabeth. Romain et moi avons renoué.

De nouveau, elle me toise avec hauteur.

Quoi ? Romain n'avait pas fini de m'embrasser qu'il courait déjà après son ex ?

— Mes félicitations ! applaudit Lorraine.

— Déjà ? s'étonne Salomé. Ça s'est fait quand ?

— Hier, pendant que vous essayiez vos robes. Je l'ai croisé dans un couloir, il m'a demandé de le suivre dans la bibliothèque. Après m'avoir offert un verre de schnaps, il m'a fait sa déclaration. Comme quoi il ne pouvait plus vivre sans moi, et patati et patata ! Il voulait qu'on ressorte ensemble. Je lui ai répondu que j'allais réfléchir, histoire de le faire mariner. Mais c'est comme si c'était fait.

Ah, OK, je comprends mieux. Bonjour la mythomane...

La discussion se poursuit. J'apprends, entre autres choses, que Salomé et Élisabeth sont infirmières et travaillent dans le même hôpital. Puis la serveuse nous apporte nos consommations, et un court silence s'installe.

— Il ne faudra pas hésiter à renouveler l'expérience, nous dit Lorraine, sirotant sa boisson. On s'est bien amusées.

— Parle pour toi. Ces vélos m'ont mis les jambes en compote. Et le chlore a ravagé mes bronches, peste Salomé, qui s'est tellement frotté les yeux qu'ils sont désormais rouges.

— Chochotte ! se moque Élisabeth.

— La prochaine fois, maman viendra avec nous, décrète Clara sans lâcher sa paille. Elle sera là ce soir. On pourra lui en parler.

— Tout à fait, la rassure Lorraine. Je n'y manquerai pas.

— Et pourquoi pas une virée au bar ? hasarde Odile qui, finalement, paraît apprécier sa menthe à l'eau.

— Ce qui me fait penser qu'il n'y a aucune soirée d'enterrement de vie de jeune fille prévue, rebondit Élisabeth, coulant un regard torve de mon côté. Est-ce normal, Amandine ?

Mince, la boulette ! D'habitude, j'inclus toujours un événement de ce type dans les emplois du temps de mes clients. Mais organiser une cérémonie nuptiale dans la précipitation peut vous inciter à commettre des étourderies. Qui plus est si lesdites noces se déroulent à Noël. Ajoutez au programme un Romain casse-bonbons, et vous vous estimerez heureuse de ne pas déclencher un burn-out.

— Initialement, le mariage devait avoir lieu le 14 janvier, j'avais donc planifié une soirée festive aux alentours du 7 du mois, me justifié-je. Mais...

— Ne te fais pas de mouron, Amandine. Les enterrements de vie de jeune fille, ce n'est pas trop mon truc, intervient Lorraine, balayant d'un revers de main la question.

Ce faisant, elle renverse par terre le petit parasol en papier de son mojito. Elle se baisse pour le ramasser. Mais au lieu de se redresser, elle s'accroche à la table et vacille.

— Qu'est-ce que tu as ? m'écrié-je, affolée.

— Lorraine ! renchérit Odile.

— Je me... sens mal...

— Rattrapez-la, ordonne Salomé d'une voix perçante.

— Je la tiens, croasse Élisabeth.

L'instant d'après, elle allonge Lorraine sur le sol. La bouche entrouverte, les paupières baissées, mon amie respire difficilement. Son visage semble s'être vidé de son sang tellement elle est blême.

— Lorraine, parle, dis quelque chose, la supplie Odile, alors que la benjamine se tord les mains.

— Il faut appeler un médecin, m'immiscé-je, un peu en retrait, ne sachant pas comment me rendre plus utile mais affreusement inquiète.

— Non, ce n'est pas la peine, murmure Lorraine, les yeux toujours fermés. Je vais... bien.

— Ça n'en a pas l'air. Dis-nous ce que tu ressens, lui demande Salomé d'une voix calme et posée.

Tout aussi maîtresse de ses nerfs, Élisabeth lui tâte le pouls.

— J'ai la tête qui tourne... Et je n'ai pas la force... de me lever, balbutie Lorraine.

— Est-ce que tu peux ouvrir les yeux ? s'enquiert Élisabeth, très à l'aise dans son rôle d'infirmière.

Pendant un court moment, Lorraine cligne des paupières comme si elle cherchait à les soulever. On ne voit que le blanc de ses globes oculaires.

— Je ne peux pas..., gémit-elle. J'ai comme un voile noir devant les yeux.

— Un vertige ! Elle a eu un vertige, déclare Salomé d'un air triomphant.

Tout en se jetant des regards de connivence, Élisabeth et elle acquiescent béatement.

— C'est grave ? interroge Odile, paniquée.

Pour toute réponse, les deux femmes secouent la tête de concert.

— À quand remontent tes dernières règles, Lorraine ? demande Salomé avec douceur.

S'ensuit un long silence pendant lequel Clara s'accroche à ma main. Je la serre très fort afin de lui insuffler le peu de courage qu'il me reste.

— Alors, Lorraine, c'était quand la dernière fois où tu as saigné ? insiste Élisabeth.

— Je ne sais plus... Le mois passé... Mais peut-être que ce n'étaient pas vraiment des règles. Il y en avait si peu.

— Je pense que tu seras d'accord avec moi, Salomé, pour dire que Lorraine vient de faire un malaise vagal, en conclut Élisabeth.

— Tout à fait.

— Vagal ? répète bêtement Odile, hébétée.

Salomé pose une main experte sur le bas-ventre de Lorraine, le tâte délicatement et annonce avec un large sourire :

— Oui. Lorraine est enceinte. Et ça ne date pas d'hier.

Lorraine, enceinte ? Elle porte un bébé ? Cette nouvelle me coupe littéralement les jambes.

21

Cette annonce fracassante a jeté tout le monde dans un grand émoi. Depuis que Lorraine est revenue de son évanouissement, elle ne cesse de palper son ventre, l'air franchement déprimée. Chacune à sa façon, ses sœurs compatissent : Clara pleurniche, Odile s'enfile tous les fonds de mojitos. Quant à moi, je ne peux plus m'arrêter de trembler.

Salomé et Élisabeth sont les seules personnes qui s'amusent de la situation. Pour elles, c'est devenu un jeu. Après avoir récupéré leur attirail d'infirmières dans leurs voitures, elles soumettent mon amie à toutes sortes d'examens : saignée, recueil des urines, et je ne sais quoi encore... Je n'aurais pas aimé être à sa place. Sans mentir, ces cinglées prélèvent au bas mot six flacons de son sang et ne trouvent rien de plus cool que de dépêcher un collègue ambulancier pour les porter en urgence à un laboratoire d'analyses de leur connaissance.

— Comment l'appellerons-nous ? s'interroge Salomé, tandis que nous nous retrouvons toutes au vestiaire du spa pour nous rhabiller.

— Si c'est une fille, je verrais bien Bella ou Chiara, lui répond Élisabeth.

— Tellement mignon ! gémit de plaisir l'autre, battant des mains. Que diriez-vous d'Enzo pour un garçon ?

— Ce prénom est déjà pris, maugrée Odile, en référence à son petit ami.

— La guigne, je ne veux pas d'enfants, moi ! réagit Lorraine vigoureusement. Du moins, pas tout de suite...

— Je parie sur trois mois de grossesse, prophétise Élisabeth.

— Mais mon ventre est tout plat.

— Parce que tu fais un déni de grossesse, pontifie Salomé. Tu l'as dit : tu ne veux pas d'enfants, d'où ton refus de laisser ton corps se transformer.

— On n'a pas forcément de ventre après trois mois de grossesse, remarque Odile, plutôt au fait de ces choses pour son âge.

— De toute manière, il faudra reporter le mariage pour ne pas risquer une fausse couche, conclut Élisabeth.

— Vous êtes sérieuses, là ? m'écrié-je, avant de me repentir sincèrement.

Lorraine pourrait mal interpréter mes protestations. Bien évidemment, je ne souhaite pas mettre la vie de son bébé en danger, ni la sienne d'ailleurs.

Cependant, je trouve exagéré de la surprotéger. La grossesse n'est pas une maladie, que je sache.

Une petite demi-heure plus tard, nous quittons le spa, et les résultats tombent. Lorraine n'est pas enceinte. Elle s'affame tellement pour rentrer dans sa robe de mariée qu'elle a eu une crise d'hypoglycémie.

Le clan des grincheuses accueille la nouvelle par des manifestations de joie : larges sourires, bonds de cabri, et j'en passe. Les infirmières en chef deviennent moroses, leurs traits se rembrunissent, leurs épaules s'affaissent.

— Bon, on y va, lance Élisabeth, le regard fuyant.

— On est attendues en ville, renchérit Salomé, tout aussi piteuse. On ne doit pas tarder.

— On se voit demain à onze heures, pour la seconde séance d'essayage. N'oubliez pas ! leur rappelle Lorraine, toute guillerette.

Le feu aux trousses, ses amies de la zumba se ruent vers leurs voitures et démarrent. Rapides comme l'éclair, elles disparaissent.

— Je les aime bien, mais elles sont parfois envahissantes, commente Lorraine après leur départ.

— Je ne sais pas ce que tu aimes chez elles, grommelle Odile. Elles nous ont fait la peur de notre vie.

— À qui le dis-tu ?

Je monte dans une golfette avec Clara. Lorraine et sa cadette dans une autre. Et nous rentrons au manoir, où nous attend une surprise qui n'est pas du goût de tout le monde.

Le jour s'est couché. On n'y voit goutte. Mais les guirlandes lumineuses qui éclairent la façade nous révèlent la présence d'un coupé sport jaune, garé entre ma Twingo et le SUV de Romain.

— Maman est arrivée ! s'écrie Clara, qui sautille sur place.

— Ah non ! Attends l'arrêt du moteur avant de descendre, lui intimé-je, constatant qu'elle a débouclé sa ceinture de sécurité.

Peine perdue ! Elle bondit de la banquette et s'élance vers le perron. Depuis que j'ai éraflé le Range Rover de Romain, j'exécute mes manœuvres avec prudence, et donc avec lenteur. Aussi suis-je la dernière à pénétrer dans le hall. Il y règne un tumulte confus que le dôme répercute en écho et que le scintillement des guirlandes lumineuses rend psychédélique. J'aurais bien du mal à vous le décrire en seulement quelques mots.

Il y a tout d'abord cette grande et belle femme, plantée sous le lustre à pampilles. La quarantaine – peut-être plus –, elle attire immédiatement mon regard avec son abondante crinière rousse, ses yeux verts poudrés de jaune, son long manteau pelucheux rouge et ses bottes cirées noires. Kristen, la mère de Clara, que je n'avais pas revue depuis huit ans : elle n'a pas bougé d'un poil. D'une voix haut perchée, elle ne cesse de crier des « Oust » par-ci et des « Clara » par-là.

Il me faut plusieurs secondes avant de comprendre qu'elle ne souhaite pas chasser sa fille d'ici, mais qu'elle hèle un chiot fox-terrier blanc et marron très turbulent. Jappant sans relâche, le dénommé Oust court tout autour de la rotonde, zigzaguant entre les colonnes, tirant au bout de sa laisse une Clara ravie. Leur duo a déjà renversé plusieurs armures médiévales que Lorraine s'évertue à ramasser. Dans un fracas assourdissant, l'une d'elles se disloque complètement aux pieds d'un Romain particulièrement braillard. Un brin pompette pour avoir terminé tous les mojitos, Odile est hilare. Les zygomatiques endoloris à force de les crisper, je tâche de ne surtout pas l'imiter.

Mais le clou du spectacle nous est offert par le majordome. Lequel immobilise le chiot par un placage exécuté dans les règles de l'art. Il est aussitôt applaudi par l'ensemble de la maisonnée. Sortant son smartphone, Kristen le canarde de photographies et immortalise ainsi la scène.

— Et vlan ! Désormais en ligne sur mon Twitter et mon Instagram, annonce-t-elle. Hashtag-rugby. Vous allez devenir célèbre, mon cher Rodolph.

— Si je puis me permettre, Madame, je vous suggère d'ajouter un mot clé en rapport avec l'exploitation des domestiques : hashtag-larbins-à-tout-faire, lui répond l'intéressé d'un ton pénétré.

Tenant fermement un fox-terrier tremblant et visiblement effrayé, il se redresse avec difficulté mais dignité. Ses lèvres fines, ainsi que ses rides, se plissent en façon de sourire sans toutefois atteindre ses petits yeux enfoncés. L'affaire aurait pu s'arrêter là si Oust n'avait pas uriné de peur sur le parquet. À ce point de l'histoire, les exclamations fusent, et un rugissement irrité retentit :

— Foutez-moi ce clébard dehors ! beugle Romain, rouge de colère. Je ne veux pas d'animaux ici.

— Toujours aussi ronchon, mon pauvre enfant, soupire sa belle-mère, qui pianote sur son clavier de ses doigts parfaitement manucurés. Tu devrais prendre des vacances.

— Comme si je n'avais pas essayé !

Là-dessus, il saisit Oust par la peau du cou et l'arrache des mains du majordome, qui en profite pour s'éclipser. Puis, au mépris des grognements du fox-terrier, il le brandit sous le nez de Kristen.

— Et ce n'est certainement pas la présence de cette boule de poils puante qui m'aidera à me détendre, ajoute-t-il, montrant les dents presque autant que sa proie. Merci d'avance de bien vouloir le sortir d'ici.

— Souriez, tous les deux, s'extasie son interlocutrice, qui les mitraille de photographies. Hashtag-mon-chien-a-fait-une-grosse-bêtise... Hashtag-maître-en-pétard.

— Oust ne peut pas rester dehors, il fait trop froid, s'oppose Clara, venue se pendre au bras de son frère pour tenter de récupérer la pauvre bête.

— Allons, Romain, n'en fais pas tout un plat, pouffe Kristen. Rodolph va tout nettoyer.

— Fais ceci... Fais cela... Récure les toilettes... Ramasse les petites commissions..., bougonne l'intéressé, qui est revenu avec un balai serpillière et un seau. Hashtag-enough-is-enough.

— Je comprends parfaitement l'anglais : votre hashtag-trop-c'est-trop est de mauvais goût. À l'avenir, abstenez-vous de manifester votre exaspération devant vos patrons.

— Surveillez votre langage, Rodolph, gronde Romain qui tient toujours le chiot à bout de bras. Tant que vous y êtes, débarrassez-moi de ça.

— Je n'ai que deux mains, Monsieur. Et elles sont déjà très occupées.

— Ce que Rodolph veut dire, c'est qu'il n'est plus tout jeune, le défend Lorraine.

— Voilà ! grince le majordome.

— Et je fais quoi, moi, de ce truc ? s'énerve Romain.

— Je le veux, je le veux ! s'écrie Clara.

Finalement, c'est Odile qui récupère Oust. Mais à peine l'a-t-elle posé par terre que l'animal, revanchard, plante ses crocs dans le pantalon du maître des lieux et tire dessus rageusement. Romain a beau vociférer, gesticuler, lever la jambe très haut, le fox-terrier ne desserre pas les mâchoires et demeure accroché au tissu. Kristen ne se prive pas d'immortaliser la scène à coups de photographies et de hashtags sur les réseaux sociaux.

— Là, Oust n'a pas aimé ce que tu as dit sur lui, commente Lorraine.

— Tout à fait. Cet adorable bout de chou a le droit au respect. Hashtag-droits-des-animaux. Mais qui vois-je ? s'exclame soudain Kristen, dont le regard s'est tourné vers moi. C'est cette chère Amandine ! Cela faisait si longtemps que je ne t'avais pas croisée. Tu es encore plus jolie que dans mes souvenirs. Savais-tu que Romain en pinçait pour toi dans son jeune âge ? Il ne pouvait pas s'empêcher de te taquiner pour attirer ton attention.

— Il la traitait de hamster, se croit obligé de préciser Rodolph.

— Tu faisais vraiment ça, Romain ? demande Lorraine, l'air fâché.

— Oh, c'est méchant ! s'offusque Clara.

— Oui, c'était vache, acquiesce Odile.

— Lâchez-moi la grappe avec vos chiens, vos vaches et vos hamsters, hurle leur frère. Et décrochez ce clébard de mon pantalon.

— Doit-on vous apporter de la valériane dans un verre d'eau ? intervient le majordome avec le plus grand sérieux.

— Hashtag-crise-de-nerfs, s'esclaffe Kristen.

— Nooon !

Quoique agacée par le désagréable rappel de ces années passées à essuyer les moqueries de Romain, je décide d'intervenir. Je traverse le hall, m'accroupis devant le chiot et le câline. Mes caresses réussissent à lui faire lâcher prise. Pendant ce temps-là, Kristen nous raconte des anecdotes sur notre enfance, du temps où Romain me cherchait des noises. Suivie de près par Clara, je quitte la pièce avec Oust blotti dans mes bras.

Il y a des jours comme celui-ci où je rêverais d'être un brave toutou. Je pourrais uriner sur les pieds d'Élisabeth et déchiqueter les bas de pantalon de Romain.

22

Finalement, Oust aura droit de cité au manoir. Romain y a consenti, sous l'expresse condition qu'il parte régulièrement en promenade. C'est ce que nous apprenons lors du dîner. Un dîner fort animé, au demeurant.

Ainsi, la question du chiot est discutée dans ses moindres détails. L'emplacement de son panier : dans la chambre de Clara. Son planning de sortie : toutes les trois heures. L'identité des gogos qui assureront le service de nuit : Lorraine et moi puisque les perturbations de l'horloge biologique de Kristen l'en empêchent. Ben voyons ! Dans les faits, j'assumerai seule cette tâche ingrate ; il ne faudrait pas que mon amie et cliente se marie avec une mine chiffonnée.

Cette affaire réglée, l'atmosphère se détend dans la salle à manger décorée pour Noël. Assise en bout de table, toute rouge du grand feu de l'âtre et bercée par la voix ronronnante de Kristen, je sens une torpeur bienfaisante m'envahir. De nature très bavarde, cette dernière nous parle de sa carrière internationale de top-modèle aux quatre coins du monde. Son verbiage incessant me laisse tout le loisir d'apprécier à leur juste valeur les bons petits plats de Joséphine : œufs mimosas, choucroute garnie, tarte aux quetsches crémée, *bredele* à la cannelle, roses des sables et vin blanc sec.

Une ampoule s'éclaire toutefois dans mon cerveau au moment où je l'entends prononcer le mot « Égypte ». Je me surprends à l'envier, l'imaginant défiler au pied des pyramides de Gizeh. Que ne donnerais-je pas pour visiter les hauts lieux de la civilisation égyptienne antique ? Hélas, je n'ai jamais pu réaliser ce rêve. L'humeur casanière de mes parents, la révolution égyptienne de 2011, mes allergies, la crise sanitaire mondiale et, depuis trois ans, le carnet de commandes bien garni de Maât Event n'ont pas travaillé à sa concrétisation...

Alors que Rodolph nous apporte des digestifs – tisanes, schnaps et thés –, une nouvelle source de tension apparaît. En effet, Kristen nous annonce qu'elle repartira à Los Angeles le lendemain de Noël. Une marque de tenues de drag-queens la réclame là-bas. Ce sera le sommet de sa carrière... Avec Lady Gaga, Miley Cyrus, Ru Paul, et toute une ribambelle de personnalités LGBT dont je n'avais jamais entendu parler.

Toujours est-il que le bonheur des uns ne fait pas toujours celui des autres. Clara et ses sœurs se renfrognent. À l'inverse, Romain s'enflamme. Je retiens ma respiration en l'écoutant sermonner sa belle-mère. Après lui avoir lâché le mot de Cambronne en pleine figure, il énumère les qualités qu'une mère est censée posséder et dont elle est dépourvue.

— Mais j'aime ma fille, se récrie Kristen, outrée.

— Ce que Romain dit c'est que Clara aimerait te voir un peu plus, lui explique Lorraine.

— Tu voudrais que je l'emmène dans tous mes voyages ?

— Oh oui ! S'il te plaît, la supplie l'intéressée.

— Ce ne serait pas raisonnable, Clara, tranche Kristen d'un ton catégorique. Tu dois suivre une scolarité normale, te faire des amis de ton âge, avoir ta propre vie.

— Je veux rester avec toi, pleurniche la fillette, que Lorraine tente de calmer par des caresses dans les cheveux.

— C'est impossible. Mais je peux te laisser Oust. Il te rappellera ta maman. D'ailleurs, cela me fait penser que ce pauvre chou ne supporte pas l'avion.

— Ah non ! tonne Romain. Il n'est pas question que ça recommence.

Voyant que la discussion dégénère, je m'excuse timidement et prends la poudre d'escampette. Rester à table reviendrait à s'immiscer dans l'intimité de la famille Hartmann, ce que je ne souhaite pas. Mais au passage, bonsoir, la politesse ! En réalité, personne ne s'aperçoit de ma désertion. Ils sont tous trop occupés à s'accabler de reproches.

Avant de rentrer dans ma chambre, je jette un coup d'œil dans celle de Clara. Oust dort en boule dans son panier, au pied du lit de la fillette. Intriguée par les couinements qu'il émet, je m'approche de lui. Agité de rêves canins, il tremble. Romain hanterait-il ses cauchemars ? Peut-être devrais-je le réveiller et l'arracher aux griffes de son bourreau ? Mauvaise idée, ne troublons pas son sommeil. Je reviendrai le voir un peu plus tard, pour sa dernière promenade de propreté de la journée.

Et puisqu'il est question de propreté, je fais ma toilette, mon yoga du visage et me mets au lit avec Louise et le recueil consacré aux techniques de fouilles que j'avais emprunté dans la bibliothèque du manoir. Mon objectif est de demeurer éveillée jusqu'à vingt-deux heures, afin de ne pas rater la balade d'Oust.

Les pages défilent sous mes yeux, mais peu de mots s'impriment dans ma tête. Je ressasse sans cesse les préparatifs du mariage. Il me semble que rien n'a été oublié. Demain, les choses sérieuses commenceront, avec la livraison des fleurs. Je me bourrerai d'antihistaminiques pour les réceptionner. Il faudra également compter avec l'arrivée des premiers invités au complexe hôtelier. Ma recherche de la perfection me poussera probablement à les accueillir en personne... et à coudoyer Romain, ce qui ne m'enchante guère.

Lasse de me torturer les méninges, je finis par plonger dans un assoupissement léthargique... Des coups frappés à ma porte m'en sortent.

— Amandine, il y a urgence, là ! me crie-t-on.

Comme je tarde à réagir, les nuisances sonores redoublent d'intensité. Finalement, je préférais la sirène de paquebot. Elle, au moins, se débranche facilement. L'esprit embrumé, je pars ouvrir. Les trois sœurs et le fox-terrier se tiennent sur le seuil. Qui en chemise de nuit, qui avec une laisse autour du cou. Tous quatre me dévisagent avec l'air désespéré.

— Tu avais dit que tu t'en chargerais..., commence Lorraine.

— Il fait si froid dehors..., continue Odile qui feint de grelotter.

— Oust a très envie, achève Clara.

— Wouaf ! Wouaf !

— C'est bon, j'y vais, grogné-je, enfilant à la hâte un gilet bien chaud par-dessus ma tunique et mon jean.

Fin prête, je me campe devant les trois sœurs et tends la main.

— Le paquet, siouplaît, pesté-je.

La benjamine me confie la laisse, la cadette me donne un rouleau de papier toilette et l'aînée me gratifie d'un sourire reconnaissant.

— Je te revaudrai ça, me remercie cette dernière.

— Il n'y a pas de quoi.

Le chiot sur mes talons, je descends l'escalier, dans lequel je croise Rodolph. Toujours vêtu de sa livrée noire, il passe l'aspirateur sur le tapis des marches.

— Il se fait tard. Vous devriez aller vous reposer, lui dis-je dans un élan de gentillesse.

— J'aurai toute la mort pour ça, me répond-il d'un ton comiquement lugubre.

En voilà un qui plairait à mes parents ! Il serait parfait pour animer une fête d'Halloween.

Parvenue dans le hall en rotonde, je mets mes chaussures et mon manteau, ouvre la porte… Une bouffée d'air glacé me souffle au visage et me pénètre jusqu'à la moelle des os. Bon sang, on est au Groenland ou en Alsace ? M'armant de courage, je fais un pas en avant, puis deux. La laisse entre en tension : Oust refuse de me suivre.

— OK, maugréé-je tout bas. On va la jouer autrement.

23

Je referme aussi sec la porte et pivote vers Oust. La tête penchée sur le côté, les oreilles dressées en tulipe, il s'est figé dans une immobilité perplexe, anxieuse. Ses yeux noirs fixés sur moi me donneraient presque un sentiment de culpabilité.

— Ne te fais pas de souci, mon petit. J'ai la solution à ton problème, lui dis-je.

Le hall est désert. Le bruit de l'aspirateur me parvient toujours, mais il paraît s'atténuer. Rodolph ne devrait pas repasser par ici.

— Viens avec moi, chuchoté-je après avoir ôté manteau et chaussures.

Cette fois-ci, Oust ne rechigne pas à me suivre jusqu'à l'autre bout de la rotonde. Encastrée dans le mur entre deux colonnes et dissimulée derrière une armure en pied, la porte de la cave n'est visible qu'à l'œil averti. Le majordome m'en avait indiqué l'emplacement, le jour où nous devions récupérer les décorations de Noël. Je n'ai donc aucun mal à la trouver. D'autant qu'elle est entrouverte ; de la lumière filtre par l'entrebâillement.

Quelqu'un serait-il descendu au sous-sol ? Y est-il encore ? Ou aurait-on simplement oublié d'éteindre les lampes avant de sortir ? Quoi qu'il en soit, je ne suis pas rassurée. Et si je tombais nez à nez avec Romain ? Très peu probable. Pourquoi se rendrait-il à la cave en pleine nuit ? Elle ne contient que de vieux cartons et de la poussière. Mais tout de même, cela donne à réfléchir. Ne serait-il pas plus avisé de ma part d'affronter le froid de canard hivernal ?

Comme j'atermoie, Oust couine pour me rappeler à l'ordre.

— C'est bon, on y va, bougonné-je, sur les nerfs.

De peur de m'empêtrer dans la laisse, je prends le chiot dans mes bras avant d'emprunter l'escalier un peu raide. C'est une chance que je ne sois pas allergique à ses poils. Arrivée en bas, je le repose par terre. Une ampoule électrique au plafond éclaire faiblement la cave, heureusement déserte. Je n'en demande pas davantage pour perpétrer mon forfait.

J'emmène le fox-terrier dans un coin resté obscur, déroule une bonne moitié du papier hygiénique que j'étale sur le sol, puis pousse Oust sur le carré de ouate ainsi constitué. Il comprend immédiatement ce que j'attends de lui et fait ses besoins en un rien de temps. Me pinçant le nez, je recouvre le tout avec la fin du rouleau. Ni vu ni connu !

Je ne suis pas très fière de moi. Et mince, alors ! Ce n'est pas comme si j'avais repeint les murs du manoir en marron ou piétiné les tapis avec des chaussures boueuses – ce qui n'aurait plu ni à Romain ni à Rodolph. Et puis, si on considère que les anciens Égyptiens utilisaient les excréments d'hippopotame et de crocodile à des fins thérapeutiques, on peut en conclure que ceux d'un chiot ne menaceront pas la santé des habitants de cette maison.

Enfouissant ces réflexions scatologiques dans les tréfonds de ma cervelle, je rebrousse chemin en direction de l'escalier. C'est ainsi que j'aperçois un rai de lumière qui sourd d'un mur, au fond de la cave, et fend le sol. Je ne l'avais pas vu en arrivant puisque je lui tournais le dos. Mais maintenant, je le distingue nettement. Intriguée, je m'en approche et comprends de quoi il s'agit : une porte entrouverte. Peu téméraire, je m'apprête à m'en éloigner, mais Oust a attrapé la laisse entre ses dents et tire dessus pour m'entraîner vers elle.

— C'est bon, je te suis. Mais on jette juste un œil et on s'en va, maugréé-je tout bas.

Une fois sur le seuil de la porte, je glisse la tête dans l'entrebâillement et découvre un cellier aux murs tapissés de casiers à vin. C'est impressionnant ! Des centaines de bouteilles sont entreposées dedans. Là s'arrêtent mes observations.

Jouant toujours avec sa laisse que je tiens fermement, Oust donne un coup sec dessus et me fait perdre l'équilibre. Je bascule en avant. Dans une tentative infructueuse pour me retenir, je m'appuie sur la porte qui s'ouvre en grand. Effrayé, le chiot pousse un cri suraigu et entre en trombe dans le cellier. Emportée dans son sillage, je l'imite, trébuche sur un objet au sol et tombe sur les genoux.

— Nooon ! gronde une voix reconnaissable entre toutes.

Au même moment, un claquement sourd retentit dans mon dos, et une somme de petits constats s'impose à moi. Tous plus contrariants les uns que les autres. Lequel choisirai-je de vous délivrer en premier ?

Pour commencer, une douleur irradie dans mes jambes et m'empêche de me relever. Notons également qu'il fait froid. Pas autant que dehors, mais davantage que dans la cave.

Parlons maintenant de la silhouette menaçante dressée devant moi et qui explique pourquoi Oust s'est réfugié dans mon giron. Romain en peignoir de soie violet, les cheveux blonds en bataille et de fort mauvais poil. Ses yeux d'un bleu outremer me lancent des éclairs, et son visage rayonne de colère.

— C'est malin, on est enfermés, beugle-t-il.

Je ne comprends pas tout de suite. Tandis que je me relève à grand-peine, serrant le fox-terrier dans mes bras, Romain fonce vers moi, me contourne, ramasse l'objet sur lequel j'ai trébuché et le brandit sous mon nez.

— Ça, c'est une cale, lâche-t-il, les mâchoires crispées.

— Très instructif, grimacé-je tout en me massant les genoux.

— Elle sert à bloquer les portes et évite qu'elles ne se ferment intempestivement.

— Alors pourquoi la laisses-tu traîner au beau milieu du passage ? J'ai bien failli me tuer dess...

Je n'achève pas. Jetant la cale par terre, Romain pousse un rugissement terrible et me désigne la porte.

— Tu vois la poignée, là ? me demande-t-il, les yeux exorbités par la fureur.

Obéissant à son injonction, je coule un regard dans la direction qu'il m'indique et contemple l'emplacement vide situé au-dessus de la serrure.

— En fait, non, je ne la vois pas, remarqué-je naïvement.

— Voilà ! Il est là, le problème, Mademoiselle La-catastrophe-ambulante. Il n'y a plus de poignée. Elle est tout simplement cassée. Sans elle, la porte ne s'ouvre pas de l'intérieur. Et comme elle est désormais fermée, nous ne pourrons pas sortir d'ici. Tout ça parce que tu as shooté dans la cale.

— Ohé ! Ce n'est tout de même pas ma faute si tu t'amuses à casser les portes de ta maison.

— Mais je ne m'amuse pas, moi ! vocifère Romain. Et je ne suis pas du genre à endommager mon habitat... ni à emboutir les voitures des autres, soit dit en passant.

À l'instar d'Oust, je ne peux m'empêcher de trembler. Néanmoins, je ne baisse pas les yeux et les garde rivés aux siens.

— Pourquoi ne l'as-tu pas fait réparer ? éludé-je, pointant du menton la porte.

— C'est prévu pour demain, à quatorze heures trente. En attendant l'arrivée du menuisier, nous sommes coincés ici.

— Pff ! Tu fais tout un plat pour rien. On ne restera pas longtemps enfermés. Quelqu'un finira par nous libérer...

— À onze heures du soir ? me coupe-t-il, hargneux. J'en doute. Je sens que la nuit va être longue... Et qu'es-tu venue faire ici... avec ce clébard ?

Vexé d'avoir été traité ainsi, Oust aboie copieusement. Je le caresse pour le calmer, puis réponds :

— Je le promène.

— Dans une cave ? s'enquiert Romain d'un air suspicieux.

— Oui. Oust aime bien monter et descendre les escaliers, improvisé-je.

— Parce que tu t'imagines que je vais te croire ?

— Il faudra te contenter de cette explication, répliqué-je crânement. Bon, et si tu éteignais le climatiseur ? Ça gèle, ici.

— Il n'en est pas question. Au cas où cela t'aurait échappé, ceci est une cave à vin. Elle doit rester à la température de douze degrés.

— Douze degrés ? Mais c'est de la folie. On va finir par attraper mal.

— Moi, c'est déjà fait, riposte-t-il d'un ton mordant. Depuis le jour où tu m'as envoyé dans le lac. Tu t'en souviens ?

— Vaguement. C'est de l'histoire ancienne.

— Ancienne ? Bon sang ! Ça date de dimanche dernier, s'égosille-t-il.

— Admettons... De toute façon, tu es guéri, maintenant. Il ne faudrait pas que tu rechutes.

— Ça ne risque pas, je me bourre de vitamines. Et puisque nous en sommes à parler de ma santé, sache que mon pied ne s'est pas entièrement rétabli.

Feignant de ne pas saisir l'allusion à l'épisode de la bibliothèque, je bats des cils et affiche cet air pur et candide que je réserve aux gendarmes.

— Ce pied ! s'agace-t-il, levant la jambe gauche. Celui que tes livres ont écrasé salement. Dorénavant, tu resteras à l'écart de moi. Je ne veux plus que tu m'approches, de près ou de loin.

Sur ces mots aigres, il tourne les talons et va bouder à l'autre bout du cellier. J'enfouis Oust dans mon gilet que je boutonne. Ainsi, nous nous tiendrons chaud. Avisant une caisse en bois, je la pousse contre le mur, tout à côté de la porte, et m'assieds dessus.

Eh bien ! Les prochaines heures s'annoncent pénibles. Si encore j'avais emporté mon smartphone, je pourrais téléphoner à Lorraine pour qu'elle vienne me sortir de là. Peut-être que...

— Romain, aurais-tu ton portable sur toi ?

— Non. Et prière de ne plus m'importuner : je dors.

C'est bien ce que je disais : le temps va me paraître long...

24

— J'ai froid, lâché-je tout fort, afin que le grincheux à l'autre bout du cellier m'entende. Coupe la climatisation, s'il te plaît.

Pas de réponse. Assis sur une caisse, le dos appuyé au mur, les paupières closes et les bras croisés sur la poitrine, il ressemble à une momie de l'ancienne Égypte... en beaucoup plus frais et en moins sympathique. Je n'ai pas de montre, mais il me semble qu'il n'a pas bougé de cette position depuis un bon quart d'heure.

— Ohé ! Tu es encore vivant ? continué-je.

Toujours pas de réaction.

— Arrête cette foutue clim, m'énervé-je.

— N'es-tu pas capable de garder le silence plus de trois minutes ?

— Ça fait un quart d'heure qu'Oust et moi, on se les gèle.

— Désolé de te contredire, Amandine, mais je suis formel : il ne s'est écoulé que trois minutes et trente secondes depuis ta dernière intervention, rétorque-t-il tout en désignant la montre à son poignet.

— Eh bien ! C'est déjà trop. Je vais finir par attraper la crève.

— De quoi te plains-tu ? Tu as le clébard de ma belle-mère pour te réchauffer, persifle-t-il, narquois.

De nouveau, Oust jappe. Je le berce et réussis ainsi à l'apaiser.

— Je crois qu'il préférerait que tu l'appelles par son nom : Oust, grincé-je. Décidément, c'est devenu une manie chez toi d'affubler les gens de sobriquets ridicules.

— Chaque fois qu'ils ne sont pas les bienvenus chez moi.

— Merci, j'en prends note.

— Ça te va bien de jouer les victimes, grogne-t-il, le regard meurtrier. Ça devrait plutôt être à moi de me plaindre.

— C'est l'hôpital qui se fout de la charité.

Il hausse les épaules mais ne réplique pas. Son mutisme m'irrite davantage que ses piques. Ne tenant plus en place, je me lève et, sans lâcher le chiot, arpente le cellier. J'évite toutefois d'approcher Romain de trop près. Mon objectif vise à trouver le mécanisme de contrôle de la climatisation. Souhaitant certainement m'encourager dans ma quête, Oust me lèche le dessous du menton.

Je finis par apercevoir un petit boîtier mural, hors de l'atteinte du grincheux. Hélas, il n'est pourvu que d'un écran qui affiche « 12 °C ». Le dispositif de commande est absent.

— Pas la peine de t'acharner dessus, il n'y a pas de clavier. C'est moi qui détiens la télécommande, ricane Romain tout en brandissant l'objet en question.

— Alors sers-t'en.

— Écoute-moi bien, Amandine, et fourre-toi ça dans le crâne une bonne fois pour toutes, explose-t-il, blême de colère. Il y a plus de quatre cents bouteilles dans toutes ces clayettes. Une bonne moitié d'entre elles sont des vins arrivés à maturité. Ils valent une petite fortune. Tu penses bien que je ne vais pas ruiner ce qui se produit de meilleur en la matière dans le seul but de satisfaire tes caprices. Tu n'as qu'à t'en prendre à toi-même si tu te cailles les miches.

— Oh ! mais je ne serai bientôt pas la seule à me transformer en glaçon, si tu veux mon avis.

Là-dessus, je mâchonne un juron furieux et me mets à tourner en rond comme un lion en cage. Ce qui n'émeut aucunement l'autre tête de mule. Comment le raisonner ? Lui promettre de lustrer sa chère voiture ?

— Et si tu montais la consigne de quelques degrés ? Pour une nuit seulement. Tes vins ne s'en apercevraient même pas.

— Treize degrés, annonce-t-il tout en manipulant sa télécommande. Pas un de plus.

— Comme c'est généreux de ta part ! ironisé-je. On meurt de chaud maintenant. Pas vrai, Oust ?

— Wouaf !

— Allez, fais un petit effort, insisté-je. Pourquoi ne pas essayer dix-neuf degrés ? C'est une température acceptable pour un être humain.

— Quatorze degrés. Il faudra t'en contenter, car tu ne tireras plus rien de moi.

— Je suppose que je peux m'estimer heureuse, raillé-je de nouveau. Le grand Romain m'a accordé sa clémence.

En attendant, mes pieds gèlent. Mais j'y pense, ne donne-t-on pas à boire de l'alcool aux personnes souffrant d'hypothermie ? Or, que vois-je tout autour de moi ? Du vin... du vin... et encore du vin. Il doit bien y avoir un tire-bouchon dans les parages. De fait, j'en dégote un sur une étagère.

— Hé ! Ne touche pas à ça, m'apostrophe Romain tandis que je m'en saisis.

Voyons voir quelle sera sa réaction lorsque je m'emparerai de ce bourgogne de dix ans d'âge.

— Stop ! Lâche ça, hurle-t-il.

Il se lève brusquement de sa caisse et s'avance de quelques pas vers moi.

— C'est ce que tu souhaites vraiment ? lui demandé-je, faisant mine de laisser tomber la bouteille.

— Nooon !

— Alors, je l'ouvre.

Je n'ai pas approché le tire-bouchon de la bague que Romain me l'arrache des mains, récupère son bien et le range. Puis, tout aussi abruptement, il se précipite sur un casier en hauteur et attrape une bouteille qu'il brandit fièrement.

— Un saint-émilion de 2009. Printemps doux, peu pluvieux. Une floraison rapide. Un été ensoleillé, avec un léger stress hydrique à la mi-août qui a été bénéfique pour la concentration des raisins. Une belle arrière-saison et des vendanges tardives, débite-t-il tout en contemplant l'étiquette avec vénération. Un millésime d'exception, parfait pour les froides soirées d'hiver.

Estomaquée, je le regarde déboucher la bouteille avec des gestes d'une grande délicatesse. Il tire ensuite un mouchoir de la poche de son peignoir, essuie le goulot, puis le porte à son nez.

— Une bonne odeur de tabac, commente-t-il, les paupières mi-closes et le sourire aux lèvres. Un soupçon de cuir...

— Ça se boit ?

— Chut ! Il faut laisser parler le vin et l'écouter, murmure-t-il, plongé dans une extase de ravissement.

— Et il dit quoi, là ?

— Il dit que nous n'aurons pas besoin de l'aérer. Va nous chercher des verres, me commande-t-il, agitant sa main tendue vers l'étagère accolée à la caisse qu'il occupait précédemment.

Tandis qu'il énumère les qualités présumées de ce grand cru, je m'exécute et lui rapporte des verres à pied.

— Pas ceux-là, se gendarme-t-il comme si j'avais commis un crime de lèse-majesté.

Il me les confisque, s'en va les reposer et revient avec... deux verres pratiquement identiques !

— Ce sont les mêmes, soupiré-je.

— Non. Ceux-ci sont effilés, avec une large surface d'oxygénation. Ils sont exclusivement réservés à la dégustation des bordeaux.

Après moult jacasseries, il finit par remplir nos verres. J'avale le mien d'un trait. Horrifié, Romain me dévisage comme si j'avais un affreux bouton sur le nez. En réalité, je suis juste un peu rouge. Une douce chaleur s'est répandue dans mon corps. Toutefois, elle n'a pas atteint mes orteils, encore gelés.

— Mais enfin... Il ne... fallait pas..., bégaie-t-il.

Son verre est toujours plein. Je m'en empare et le vide tout aussi rapidement que le précédent.

— Ce vin descend facile, dis-je, toute guillerette. Tu devrais en boire, Romain. Et toi, Oust, ça te dirait d'y goûter ?

— Wouaf !

— Mais non, proteste Romain, les yeux écarquillés de consternation. Ce saint-émilion ne se consomme pas ainsi. Il faut le déguster par petites gorgées.

Je lui rends son verre. La tête me tourne alors. Je pars m'asseoir sur ma caisse attitrée, tout près de la porte. Je me sens si bien. Un peu bancale, mais réchauffée de haut en bas. J'aimerais tout de même dire deux mots au type canon qui partage la même galère que moi.

— Hé ! Romain ! Rejoins-moi, je te fais une petite place, m'écrié-je.

Les secondes s'égrènent, les minutes s'écoulent sans qu'il se passe rien. Tout est flou autour de moi. Le sol bouge. Les casiers à vin se sont dédoublés. Romain aussi : il trinque en compagnie de son sosie... Combien de verres ont-ils dans les mains ? Deux, quatre, six ? En tout cas, ils ne font pas que les admirer ; ils les boivent.

— Puis-je m'asseoir à côté de toi, Amandine ? me demande l'un d'eux, au bout d'un temps qui m'a paru une éternité.

Je hoche la tête. Mal m'en a pris ! Un vertige s'empare de moi. Je perds l'équilibre, bascule sur le côté, mais ne tombe pas, car un bras puissant et ferme s'enroule autour de ma taille et me retient. Dans le même temps, un corps chaud se presse tout contre mon flanc. Aussitôt, Oust se met à grogner.

— Tu es sacrément moche, toi, mais je t'aime bien, lui lance Romain, ce qui – allez savoir pourquoi – calme le chiot sur-le-champ.

— Moi aussi, je l'aime bien. Ne l'écoute pas, Oust, tu es très mignon.

— Et je t'aime aussi, Amandine, renchérit-il. Je te trouve très jolie.

Il passe une main dans mes cheveux et joue avec mes boucles. Je suis toujours dans le brouillard, mais Romain est suffisamment proche de moi pour que je puisse l'observer. Son visage reflète une tendresse émue. Toute trace de colère l'a déserté. Ses yeux brillants, embués par l'ivresse, flamboient d'un petit quelque chose qui me brûle les entrailles. Pour le coup, je n'ai plus du tout froid.

— Je croyais que tu n'aimais pas les hamsters, lui opposé-je, gonflant les joues.

Il en pince une et sourit.

— Je les adore, s'émerveille-t-il. Tu es le plus beau hamster qu'il m'ait été donné de voir.

— Même si j'ai amoché ta voiture ?

— Les rayures, c'est très tendance.

— Et pour la baignade forcée ? hasardé-je.

— Ça fortifie le sang. Quant à mon pied, il va beaucoup mieux. Sais-tu que j'ai très envie de t'embrasser ?

— Euh... non...

Attrapant ma tête entre ses mains, il presse ses lèvres sur les miennes et m'embrasse. Je lui rends son baiser, ignorant les protestations d'Oust que notre étreinte a pris en étau.

— Tu es la femme qu'il me faut, murmure-t-il d'une voix de velours. Si la date du 24 décembre n'était pas déjà réservée, je te conduirais à l'autel.

— Je crois que tu es plus bourré que moi, m'esclaffé-je.

— Carrément... Amandine, voudrais-tu m'épouser ce 32 décembre prochain ? clame-t-il tout fort.

— Pourquoi pas à la Trinité ?

Là-dessus, nous nous embrassons encore et encore... jusqu'à ce qu'un grincement résonne dans le silence de la pièce et nous fasse sursauter. Les bras toujours autour du cou de Romain, je tourne la tête vers la porte, grande ouverte, et comprends que nous ne sommes plus seuls.

Rodolph et Lorraine se tiennent dans l'encadrement et, les yeux ronds comme des soucoupes, nous dévisagent. Se posant en défenseur de ceux qui lui ont déclaré leur amour, Oust bondit au sol et aboie, campé sur ses pattes de devant.

— Je vous avais bien dit qu'ils s'étaient cachés dans la cave. Souriez ! nous lance Kristen qui apparaît subitement. Hashtag-bientôt-mariés !

L'objectif de son smartphone braqué sur Romain et moi, elle nous mitraille de photographies.

— Du calme, mon petit chou. Je suis là, ajoute-t-elle, s'accroupissant pour récupérer son chien.

— Oh ! Vous êtes adorables, tous les deux. Je savais que vous iriez bien ensemble, se réjouit Lorraine avec un sourire attendri.

Comme piqué par une guêpe, Romain me repousse vivement et se lève.

— Le spectacle est terminé, tout le monde retourne se coucher, jette-t-il avec colère.

— Dois-je vous apporter un second oreiller et des serviettes en plus ? s'enquiert le majordome d'un ton pénétré.

— Plaît-il ?

— Pour accueillir Mlle Amandine dans votre chambre.

— Vous feriez un si beau couple, commente Kristen.

— Wouaf ! acquiesce son chien.

— Il n'en est pas question, s'enflamme son beau-fils. Chacun chez soi, et les moutons seront bien gardés.

— Voyons, Romain, se récrie Kristen. Ce ne sont pas des choses qui se disent à une jeune femme aussi gentille qu'Amandine.

— Occupe-toi plutôt de ton clébard au lieu de te mêler de mes affaires.

— Romain ! proteste à son tour Lorraine.

Quel rustre ! Je me doutais bien qu'il n'était pas sérieux, mais il aurait pu y mettre les formes pour me renvoyer à la niche. Désormais, la tête ne me tourne plus. La laideur de ses propos m'a entièrement dégrisée.

— Qui ne tient pas l'alcool s'abstient d'en boire, lâché-je à l'adresse de Romain.

Puis je me dirige vers la sortie.

— Allons tous nous coucher, nous devons être en forme pour le mariage de Lorraine, ajouté-je avant de m'enfuir.

25

Jeudi 22 décembre

Qu'est-ce qu'on peut en sortir, des conneries, quand on est bourré ! Notons, au passage, qu'il y a dans ce manoir un type qui ne tient pas l'alcool.

Jamais deux sans trois, dit le dicton. J'ai pu le constater hier soir, alors que j'embrassais Romain pour la troisième fois. Ce sera la dernière. Il n'est pas question que je recommence. Mais bon sang ! Pourquoi a-t-il dit qu'il m'aimait ? Ce ne sont pas des paroles anodines. Elles sont lourdes de conséquences. On ne devrait pas avoir le droit de les prononcer à la légère.

Je veux bien croire que l'alcool ait altéré son discernement, mais tout de même, il aurait pu s'abstenir de me débiter des âneries. En outre, je n'ai pas apprécié qu'il me ridiculise devant la moitié de la maisonnée.

Au risque de paraphraser un célèbre slogan des années 1980, je vous annonce que le désespoir « ne passera pas par moi ». Je ne m'apitoierai pas sur mon sort. Quoi qu'il en soit, toute cette histoire sera vite oubliée.

Forte de ces convictions, je me lève tôt et regarde par la fenêtre. Le ciel dans les tons de mauve est entièrement dégagé. Pas un nuage à l'horizon. Le vent a cessé d'agiter les branches des arbres. Cette journée se présente sous de bons auspices, même si le thermomètre extérieur affiche deux degrés. Me voilà rassurée.

Une fois habillée, je sors de ma chambre, direction la table du petit déjeuner. Si je croise l'autre grincheux, je me comporterai en adulte responsable et digne d'accéder au paradis : pas de croc-en-jambe ni de remarques acerbes.

De vilaines pensées m'effleurent cependant l'esprit lorsqu'une silhouette masculine se profile au bout du couloir. Elles refluent tandis que je reconnais Rodolph. Nous nous saluons. Il se montre particulièrement affable, me félicitant sur le choix de ma tenue : un jean et un pull-over de Noël tout bête. C'est à se demander s'il ne perd pas la boule. Mais l'affaire n'en reste pas là.

— Vous pouvez descendre sans danger à la salle à manger, me dit-il de sa voix de stentor. Mon maître n'y est pas.

— Eh bien...

— Car je suppose que vous ne voulez plus le voir.

— Non… Si…

Son incursion dans ma vie privée n'a que trop duré. Je tente de poursuivre mon chemin, mais le majordome me barre le passage. Plus que jamais il ressemble à un épouvantail, avec son visage parcheminé et sa livrée trop ample.

— Il a été odieux, continue-t-il. O-dieux ! Je ne me suis pas gêné pour le lui signifier. En français, en alsacien et en anglais.

— Oui, vous avez bien fait. Bon, là, je dois y…

— C'est affreux, ce qui vous arrive, mademoiselle Amandine. Mon maître vous a proposé le mariage, nous l'avons tous entendu, puis il s'est rétracté.

— Il n'était pas sérieux… Mais attendez, vous avez écouté à la porte ? m'insurgé-je.

— Il le fallait. Mais je tiens à dire que je n'étais pas le seul. Mlle Lorraine et sa belle-mère en faisaient autant. Nous avions compris que mon maître et vous étiez dans le cellier, aussi n'osions-nous pas entrer. Nous devions nous assurer de ne pas troubler un tête-à-tête amoureux. Hélas, hélas…

Il se tait un moment pour se gratter le crâne. Pantoise, je ne sais que répondre, ce qui lui laisse tout le loisir de rebondir :

— Quand je me suis souvenu que la poignée était cassée et que vous pouviez être bloqués, j'en ai informé ces dames, qui ont décidé d'interrompre votre rendez-vous galant… qui n'avait rien de galant, soit dit en passant.

Comme il a baissé les yeux sur ses pieds chaussés de patins de cirage, j'en profite pour détaler. Je l'entends toutefois marmonner un : « Si ce n'est pas un comble de jeter aux orties une aussi jolie demoiselle. »

Je débarque dans la salle à manger avec les nerfs en pelote. Rodolph n'a pas menti : Romain n'y est pas. D'ailleurs, la pièce est déserte. Je devine que les filles dorment encore. Oust également.

Le couvert a été dressé à un bout de la longue table. Le buffet de desserte regorge de plats aux odeurs alléchantes. Toutes les bonnes choses qui le garnissent devraient chasser mes contrariétés. Je m'apprête à y faire honneur. Mais je n'ai pas attrapé une assiette que Joséphine surgit de nulle part, me l'ôte des mains et se met en devoir de la remplir.

— Ma pauvre enfant, asseyez-vous. Je m'occupe de tout, me lance-t-elle, coulant d'incessants regards contrits dans ma direction.

Elle soupire également beaucoup. Eh bien ! Les nouvelles circulent vite, ici.

— Ah ! les hommes ! lâche-t-elle tandis qu'elle me sert. Ils ne sont pas méchants, mais ce qu'ils peuvent être idiots. Surtout quand ils sont aussi riches et beaux que M. Romain.

Je m'empresse de mordre dans un croissant. Au moins, avec la bouche pleine, j'éviterai de me répandre en propos inconsidérés contre son patron.

— Vous avez bien du courage de rester sous le même toit que lui. À votre place, j'aurais fait mes bagages.

— Ch'ai un mariage à préparer.

Ce disant, j'avale de travers et me mets à tousser sans pouvoir m'arrêter.

— Ah, vraiment ! Vous n'avez pas de chance, ma pauvre enfant, compatit Joséphine tout en me tapant dans le dos.

Autant vous dire que j'écourte mon petit déjeuner. Je déteste que l'on me prenne en pitié. Et puis, j'attends des fournisseurs. Les fleurs me seront livrées en début de matinée. Après avoir avalé mes antihistaminiques, je repars au pas de course dans ma chambre pour me brosser les dents et peaufiner mon maquillage. De peur de croiser quelque casse-bonbons, je me précipite dans le hall, revêts chaussures et manteau en un éclair, et quitte le manoir.

Une fois à bord d'une golfette, je remarque que le SUV de Romain est toujours là. Et si j'ajoutais quelques rayures sur la carrosserie ? N'a-t-il pas déclaré que c'était très tendance ? Idée puérile qui manque de grandeur d'âme et que j'abandonne séance tenante.

Je file au complexe hôtelier où je passe une bonne partie de la matinée à agencer fleurs et bouquets dans les tons rouges et blancs. Conjugués avec les décorations de Noël, ils offrent un rendu incomparable. Grâce à l'aide des livreurs, je suspends des touffes de gui aux lustres, arches nuptiales et à la gloriette sous laquelle se déroulera la cérémonie symbolique. La tradition veut que des couples se marient s'ils s'embrassent dessous. Quelle idiotie ! Bref...

J'ai hâte de voir la tête de Lorraine quand elle découvrira mes aménagements. Après avoir donné des instructions au directeur de l'hôtel pour que personne ne pénètre dans les salles réservées à la fête, je retourne au manoir.

En apercevant les voitures d'Élisabeth et de Salomé garées devant le perron, je me souviens qu'une seconde séance d'essayage est prévue pour onze heures. Juste maintenant. Mince ! Elles sont à l'heure... Pas moi. Aussi, je cours les rejoindre.

À mon arrivée dans la véranda, je trouve Lorraine, ses sœurs et ses amies de la zumba déjà parées de leurs robes et immobiles comme des statues. Les deux couturières de la dernière fois s'affairent autour d'elles, lissant les plis, défroissant les nœuds. Je n'ai pas fait trois pas dans leur direction que tous les regards – pour la plupart apitoyés – convergent vers moi. Les bavardages cessent, et un silence embarrassant s'ensuit. Non, ne me dites pas qu'elles sont toutes au courant pour Romain et moi ?

J'aimerais bien disparaître dans un trou de souris. À défaut d'en dénicher un, je m'assieds à côté de Kristen, sur son canapé en osier. Aussitôt, son chien quitte ses genoux pour venir se lover en rond sur les miens. Aujourd'hui, elle porte des vêtements moulants orange et violet, qui tranchent avec le rouge de ses cheveux et le rose des robes de demoiselles d'honneur.

— C'est moche, ce que Romain t'a fait...

Elle n'a pas parlé fort, pourtant j'ai le sentiment que toutes les occupantes de la pièce l'ont entendue. Lorraine et ses sœurs continuent de me dévisager avec compassion. Salomé secoue la tête sans relâche. Et comme il fallait s'y attendre, Élisabeth me toise d'un œil torve. Qu'elle aille au diable, celle-là !

— C'était une blague d'ivrogne, répliqué-je, feignant la désinvolture. C'est déjà oublié.

— Il pourrait s'excuser, s'indigne Kristen. Il t'a tout de même laissée en plan alors qu'il venait de te demander en mariage.

— Je le répète, il n'était pas sérieux...

— Il se comporte toujours ainsi avec les femmes qui n'appartiennent pas à son milieu, s'immisce Élisabeth, depuis l'autre bout de la véranda. Il s'amuse avec elles.

— Il n'avait pas l'air de s'amuser avec Amandine, me défend Lorraine.

— Désolée de te contredire, mais je suis sûre du contraire. Au cours des six mois où nous sortions ensemble, j'ai eu tout le temps de pratiquer ton frère. Je le connais par cœur. Et là, je peux t'assurer qu'il jouait avec elle.

— Moi, il y a un truc qui m'échappe, intervient Odile sur un ton faussement naïf. Tu nous as bien dit, Élisabeth, que Romain avait demandé ta main dans la bibliothèque. Comme quoi il ne pouvait plus se passer de toi. Alors pourquoi en a-t-il fait autant avec Amandine le lendemain ?

La blonde platine aux yeux bleus trop maquillés décoche un regard assassin à l'adolescente. Laquelle ne paraît pas s'en émouvoir.

— Parce que Romain n'a pas apprécié que je le fasse poireauter. Il souhaitait m'envoyer un message d'avertissement, grince Élisabeth.

— C'est tout à fait ça ! s'exclame Salomé. Il voulait certainement te mettre en garde de ne pas trop tarder à lui répondre.

— Eh oui ! De toute manière, tu ne peux pas comprendre ces choses-là, Odile. Tu es encore trop jeune. Dans quelques années, peut-être, tu développeras la même intuition que la nôtre. Elle saura te guider.

— Me permettra-t-elle de savoir qui est enceinte ou non ? persifle l'adolescente.

— Ne les écoute pas, me chuchote Kristen. Moi, je suis persuadée que Romain n'assume pas. Il en pince pour toi depuis si longtemps qu'il ne sait pas comment sauter le pas.

— Bah, n'en parlons plus !

Hélas, Kristen demeure imperméable à mes recommandations et ouvre l'application Twitter sur son smartphone.

— Regarde un peu ça, Amandine. Crois-tu que cette publication aurait obtenu plus de trois mille *likes* si elle n'avait pas été aussi convaincante ? En seulement une nuit et une matinée. C'est énorme.

Mes followers se sont bien rendu compte qu'il y avait de l'amour entre vous.

Je feins de m'intéresser à la photographie de Romain et moi enlacés. Par chance, je n'ai pas mon pareil pour contrôler ma vue et la pousser à devenir floue.

— Très beau, grogné-je, m'efforçant de rester polie.

— On peut la voir ? s'écrie Clara, qui se précipite vers nous et s'installe à côté de sa mère.

— Moi aussi, j'aimerais la voir, pépie Salomé. Histoire de vérifier.

Un concert d'approbations s'ensuit. Élisabeth n'est pas la dernière à nous rejoindre. Sans-gêne, elle s'assied entre Kristen et moi. De fil en aiguille, je me fais chasser du canapé, emportant Oust loin de l'attroupement de curieuses.

Bien entourée, Kristen montre à son auditoire sa galerie de photos prises dans le cellier. Des « oh » et des « ah » fusent à intervalles réguliers. Et moi, je croise les doigts pour que cette séance improvisée n'entraîne pas des répercussions néfastes sur la réputation de Maât Event.

— Et si on allait faire une petite promenade ! annoncé-je à Oust.

Je lui attache sa laisse. Trottant mignonnement devant moi, le fox-terrier se dirige vers la sortie. Alors que je passe tout près des deux couturières, restées en retrait, une idée séduisante me traverse l'esprit.

— Vous devriez rajouter un gros nœud rose sur les robes des demoiselles d'honneur, leur suggéré-je.

— Vous croyez ? me demande la plus âgée des femmes. Cela ne fait pas trop ?

Si ! Mais c'est ça qu'on aime, songé-je *in petto*, tandis que le rire moqueur d'Élisabeth éclate dans mon dos.

— Oh non, pas du tout, m'empressé-je de répondre à voix basse.

— Et on le mettrait où ? s'enquiert la plus jeune des couturières.

— Au niveau de la taille, sur le devant.

Là-dessus, je me carapate, tirée par un Oust débordant de vitalité.

— Attends-moi, Amandine, me crie Clara. Je viens me balader avec vous.

— J'ai bien peur que tu ne puisses pas me suivre dehors. Tu abîmerais ta jolie robe, lui expliqué-je. Et si tu leur jouais un morceau de batterie ?

— Les amies de Lorraine n'apprécieraient pas...

— Ah ! mais tu oublies que ta maman retourne aux États-Unis dans seulement trois jours. Si tu ne lui montres pas tes progrès maintenant, jamais elle ne les verra.

— Tu as raison.

C'est ainsi qu'Oust et moi quittons la véranda, accompagnés par des roulements de tambour et des coups de cymbale. Élisabeth va adorer. Il y a des jours où je me trouve tout bonnement diabolique, mais ça soulage...

26

L'après-midi devait être dévolu à l'accueil des familles et amis des futurs mariés. Souhaitant éviter tout contact rapproché avec Romain, je demande à Kristen de me remplacer. Elle accepte de distribuer aux invités les livrets contenant les instructions relatives à la fête. En échange de quoi, je me charge de chaperonner Odile et Enzo, en plus de promener Oust.

C'est donc à moi qu'il incombe de véhiculer les deux adolescents et le fox-terrier sur les parcours de golf. Et comme Clara insiste pour nous accompagner, nous nous retrouvons entassés tous les cinq dans une golfette. Enzo, coincé à l'arrière dans le compartiment de rangement ; les filles, le chiot et moi, serrés comme des sardines sur la banquette. Nous nous tenons bien chaud.

Je conduis tout ce petit monde à la lisière d'une forêt de chênes dénudés qu'Odile m'indique. Une paisible rivière aux eaux peu profondes la longe. Je devine que cet endroit est le pire cauchemar des golfeurs, car de nombreuses balles gisent au fond. Entraînés par un Oust très en forme, nous remontons la berge engazonnée d'un pas rapide. Clara et moi ouvrons la marche ; sa sœur et Enzo la ferment à quelques distances de nous. Très vite, nous atteignons un étang artificiel. C'est une jolie pièce d'eau bordée de saules pleureurs déplumés et sur laquelle le ciel bleu se reflète. Nous en faisons le tour.

Les deux adolescents choisissent de s'installer sous l'un des saules. Je n'aurai aucun mal à les surveiller depuis le banc de pierre baigné de soleil sur lequel Clara, Oust et moi nous asseyons. Je n'ai pas le loisir de goûter la quiétude des lieux ni d'écouter le chant des oiseaux. Clara est une fillette très bavarde. Serrant le fox-terrier dans ses bras comme s'il s'agissait d'un trésor, elle me bombarde de questions diverses et variées.

— Aurais-tu accepté la demande en mariage de mon frère s'il ne l'avait pas annulée ? s'enquiert-elle, ses yeux verts me scrutant avec curiosité.

— Il ne me demandait pas vraiment en mariage, c'était pour de faux, si tu préfères. Mais non, je ne l'aurais pas acceptée.

— Pourtant, vous allez bien ensemble. Je t'aime bien. Lorraine est ta meilleure amie. Tu as une très bonne influence sur Odile : elle ne touche plus à la cigarette. Et je suis persuadée que tu réussirais à convaincre Romain de garder Oust.

— Ta maman y parviendrait mieux que moi.

— Je la vois si peu, se plaint-elle.

J'ai à peine le temps de m'apitoyer qu'elle poursuit :

— Es-tu plutôt thé ou café ?

— Café.

— Il faudra faire attention de ne pas trop en boire. Maman dit que ça tache les dents. Sucré ou salé ?

— Sucré. J'adore les *bredele*.

— Moi aussi, je les adore. Surtout ceux à la noix de coco. Aimes-tu les chats ?

— Seulement s'ils se tiennent à l'écart de moi. J'y suis allergique. En fait, je préfère les chiens.

— Comme moi. Es-tu également allergique aux enfants ? continue la fillette, infatigable.

— Bien évidemment que non.

— Ouf, je suis rassurée. Souhaites-tu en avoir ?

— Je n'en sais rien... Peut-être, esquivé-je.

Je me demande à quoi rime cet interrogatoire. S'agit-il d'un examen de passage ? En Égypte antique, il existait une épreuve similaire pendant laquelle on devait rendre compte de ses actions et de sa manière de vivre, mais elle n'était réservée qu'aux morts désireux d'échapper à Ammit, le monstre dévoreur des âmes impures. Machinalement, je me pince la main. Ouille ! Ça fait mal. Je suis bien vivante.

— Est-il vrai que mon frère te traitait de hamster quand tu étais plus jeune ? poursuit Clara.

— Effectivement, il ne s'en privait pas.

— Moi, je trouve que tu ne leur ressembles pas.

— C'est ainsi que tu chaperonnes Odile ? tonne la voix de Romain derrière nous.

Je sursaute. Il m'a fait une de ces peurs. Que vient-il faire par ici ? Plutôt que de me tourner vers lui, je jette un coup d'œil du côté du saule pleureur et manque de m'étouffer. Allongés sur le gazon, pieds et bras emmêlés, Odile et Enzo s'embrassent à pleine bouche.

— Ohé ! Ce n'est pas un peu fini, vous deux ! les hèle Romain rageusement.

Non seulement il réussit à les séparer, mais il me vrille les tympans.

— Ils ne faisaient rien de mal, tente Clara.

Elle repose Oust par terre. Visiblement contrarié par les beuglements de l'intrus, le chiot se met à aboyer tout en montrant les crocs.

— Je ne t'ai pas demandé ton avis, Clara, gronde Romain, par-dessus les jappements du fox-terrier. Et si tu rejoignais ta sœur ! Dis-lui qu'elle va m'entendre si son copain et elle recommencent à se bécoter. Profites-en pour emporter le clébard.

— Non, reste, Clara, m'opposé-je, fâchée. Laisse Odile et Enzo tranquilles.

— N'écoute pas Amandine et obéis. Va voir ta sœur.

— Oh, d'accord ! Pas la peine d'insister, j'ai compris, soupire la fillette. Tu veux te débarrasser de moi pour flirter avec Amandine.

— Je ne flirterai pas, se récrie son frère furieusement.

— Moi non plus. Ça me ferait mal, bougonné-je, refusant toujours d'orienter mon regard vers lui.

— Viens, Oust, on s'en va. Mais ne comptez pas sur moi pour aller embêter Odile. Elle ne me le pardonnerait pas.

Au lieu de s'éloigner vers le gros saule pleureur sous lequel sa sœur et Enzo se bornent désormais à discuter sagement, elle part dans la direction opposée.

— Fais quelque chose, me commande Romain, qui enfonce un doigt dans mon dos. Va les surveiller de plus près.

— Pourquoi le ferais-je ? Je les vois très bien d'ici.

— Peut-être, mais tu ne les entends pas. Tu dois te comporter en adulte responsable et t'acquitter de ta mission de chaperon. Ce qui implique de se rapprocher d'eux.

— Dit celui qui m'a parlé d'amour pour ensuite se rétracter, persiflé-je. Quel adulte responsable, tu fais !

— J'étais saoul. Je ne savais pas ce que je racontais. Ce sont des choses qu'une adulte peut comprendre.

— Tu n'es qu'un lâche : la voilà, l'explication à tout ce micmac.

Négligeant de me répondre, Romain court en direction du gros saule, vocifère contre Odile et Enzo, puis vient s'asseoir sur mon banc, à la place qu'occupait sa demi-sœur quelques instants plus tôt. Tout au long de son intervention, j'ai évité de le regarder. Mais maintenant qu'il est tout près de moi, je ne peux plus l'ignorer. Je sens son parfum entêtant, à la fois séduisant et vénéneux. Du coin de l'œil, je le vois remuer.

— Voilà, tu es content ? lui demandé-je, avec l'envie d'en découdre. Tu as imposé ta loi.

— Je ne suis pas aussi autoritaire que tu le penses.

— Oh si ! Et le pire dans tout ça, c'est que tu as tellement l'habitude d'être obéi au doigt et à l'œil que tu as oublié le sens du mot « respect ».

— Je te respecte, Amandine.

— Quand ça t'arrange, maugréé-je. Je déteste les types qui feignent d'être saouls.

— C'est bon, tu as marqué un point. Je reconnais que, même saoul, je n'aurais jamais dû te...

Il s'interrompt abruptement. Je pivote vers lui et monte à l'assaut de ses yeux. Ils sont d'un bleu saisissant. Le soleil filtre à travers les mèches blondes qui inondent son front et projette des ombres sur son visage anguleux. Il n'en paraît que plus sévère.

— Oui, tu n'aurais jamais dû me..., reformulé-je, refusant de rendre les armes. J'attends la suite, s'il te plaît.

— Arrête de me regarder avec des lance-flammes, et je te répondrai.

— Ça, je ne peux pas le promettre. Je suis très en colère, vois-tu. Tu m'as passablement irritée hier soir. Donc, tu disais ?

— Tu sais très bien de quoi je parle, louvoie-t-il.

— Puisque tu tournes autour du pot, je vais me faire un plaisir d'expliciter tes propos. Tu n'aurais pas dû m'embrasser : c'est bien ça que tu voulais dire ?

— Pas du tout, s'agace-t-il. Je ne regrette pas ce baiser... ni les précédents, d'ailleurs. Si mes sœurs et l'autre corniaud n'étaient pas dans les parages, je recommencerais. Tu l'ignores peut-être, mais tu exerces une puissante attraction sur moi.

— Tu ne manques pas d'air de me sortir des trucs pareils. Surtout après ce qui s'est passé hier soir.

— Toi aussi, tu ressens cette attirance pour moi, ne le nie pas. Nous sommes comme deux aimants.

— Et après ? m'impatienté-je. Aimant ou non, je ne suis pas jetable.

— Je ne t'ai jamais considérée comme tel. Mais tout est si compliqué.

— N'aie pas peur de l'avouer : tu avais juste envie de t'amuser.

— Pas du tout... Si tu savais combien je suis désolé de t'avoir blessée. Je m'excuse, Amandine.

Émue par la douceur de son regard, je me sens fondre. Il se pourrait même que ma cuirasse se soit fendillée.

— Tu... tu t'excuses ?

— Je ne veux pas que tu souffres à cause de moi, réplique-t-il gentiment tout en m'attrapant une main.

Je tente de la libérer, mais il la serre entre les siennes.

— Résumons : tu étais donc parfaitement conscient de ce que tu faisais.

— Oui.

Ses yeux m'implorent de ne pas poursuivre dans cette voie. C'est ballot, car moi, je souhaite aller au fond des choses. Ma recherche de la vérité ne connaît aucune limite, formation d'archéologue oblige !

— Tu étais donc en pleine possession de tes facultés mentales quand tu as dit que tu m'aimais.

Il grimace et fuit mon regard.

— Il est là, le problème, peste-t-il.

Vexée, j'essaie à nouveau de récupérer ma main. En vain ! Il l'étreint encore plus fort.

— Un problème ? J'aimerais bien savoir lequel, pesté-je.

— J'ai trop de responsabilités, trop de travail, poursuit-il, les yeux perdus dans le lointain. Il n'y a pas de place pour l'amour dans ma vie.

Les bras m'en tombent, je suis sans voix. Des coups de Klaxon me tirent de ma stupeur. Aussitôt, Romain lâche ma main et se lève.

— Il faut que j'y aille, me dit-il. Gilles va piquer une crise si je ne le rejoins pas très vite.

— Je ne comprends pas... Je croyais qu'il ne devait pas mettre les pieds au domaine avant le mariage.

— Il doit juste éviter de croiser Lorraine. Ce qui n'arrivera pas : elle passe l'après-midi au spa, en compagnie de ma belle-mère. Mais ne te fais pas de soucis pour tes flyers, je me suis chargé de les distribuer aux invités pendant que Kristen se dorait la pilule sous les lampes bronzantes... Pour en revenir à Gilles, il est tout simplement venu accueillir sa famille. Comme il paraîtrait que je ne suis pas assez sympa avec lui, je lui ai ensuite proposé de visiter mes terrains de golf. Nous longions la rivière quand j'ai aperçu une voiturette. Je me suis arrêté et...

— Il y a foule, ici, le coupe l'intéressé qui apparaît soudain. Bonjour, Amandine. Heureux de te revoir. J'ai fait un tour du côté de la salle de réception. Permets-moi de te féliciter : tu as réalisé un travail formidable. La décoration est splendide.

— Merci, Gilles. Je suis contente qu'elle te plaise.

— Mon petit doigt me dit qu'elle resservira bientôt. N'y aurait-il pas un autre mariage en préparation dans la famille ?

Avec ses lunettes rondes, son corps filiforme et ses cheveux bruns bien coiffés, il donne l'impression d'être un jeune homme posé et sérieux. Pourtant, je perçois comme une pointe d'ironie dans sa question. Feignant de ne pas la comprendre, je me borne à hausser les sourcils.

— Bon, on y va, élude Romain qui déjà s'éloigne.

— Attends, je n'ai pas salué tes sœurs... ni ce charmant garçon qui les accompagne.

— Pas la peine. Tu les verras ce soir.

— Dans ce cas, je te dis à ce soir, Amandine, me lance Gilles sur un ton léger. Tu viendras au dîner avec les familles et les amis, pas vrai ?

— Je ne sais pas...

En réalité, je n'ai pas été conviée. Personne ne m'avait prévenue que l'on festoierait la veille du mariage civil.

— Ça s'est décidé tout à l'heure, précise Gilles, comme s'il avait deviné mes pensées. Ce sera en toute simplicité. Au restaurant de l'hôtel. C'est moi qui offre le repas. Je t'invite. Romain, tu es le bienvenu.

— Puisqu'il a été décidé que Lorraine et toi ne deviez pas vous voir avant le mariage, je lui tiendrai compagnie au manoir. Amandine aussi, décrète le susnommé avant de tourner les talons pour de bon.

— Il va devoir se calmer, l'autre cornichon, me dit Gilles en aparté. Je prends sur moi, mais tant va la cruche à l'eau qu'à la fin elle se brise. Je suis à deux doigts de lui mettre mon poing sur le nez.

Et moi donc ! pensé-je.

Là-dessus, lui aussi s'éclipse, me laissant seule avec mes interrogations.

27

Par pur esprit de contradiction, je décide d'accepter l'invitation de Gilles. Aussi ne dînerai-je pas au manoir.

Notre virée sur les greens terminée, je dépose les filles et Oust sur le perron, raccompagne Enzo à son scooter et retourne dans ma chambre. Puis je prends tout mon temps pour me préparer. Bain, shampoing, petite séance d'étirements, maquillage... Il faut ce qu'il faut pour avoir l'air présentable.

Fin prête, je gagne le couloir et avance avec prudence. Personne à l'horizon. L'escalier est lui aussi désert. Mais le hall en rotonde n'est pas vide. Un plumeau à la main, Rodolph l'arpente. S'apercevant de ma présence, il cesse d'épousseter les armures en pied et me parle en ces termes :

— Mademoiselle Amandine nous quitte déjà ? Sans ses bagages ?

— Pas avant dimanche matin, rectifié-je.

— Me voici rassuré. Cependant, j'avoue ne pas comprendre... Pourquoi sortir dans le froid glacial si le chien de Mme Kristen ne vient pas avec vous ?

— Je dîne au domaine hôtelier. Ne posez pas de couverts pour moi.

— Quel dommage que vous ne restiez pas ! déplore-t-il tout en replaçant son unique mèche de cheveux blancs sur sa calvitie. Mon maître sera très déçu.

— Il se consolera avec les bons petits plats de Joséphine. Et Lorraine lui tiendra compagnie.

Pendant cet échange, je n'ai pas chômé puisque j'ai revêtu manteau, chaussures, gants et bonnet. Le soleil a certes brillé toute la journée, réchauffant l'atmosphère. Mais le froid est revenu de plus belle à la tombée de la nuit.

— Je n'en doute pas, poursuit le majordome d'un ton pénétré. Mais il ne pourra pas vous remettre votre cadeau...

— Mon cadeau ? Ce n'est pas encore Noël.

Alors même que je prononce ces mots, des constats alarmants s'imposent à moi. Les festivités nuptiales se dérouleront le soir du réveillon. Or, en dehors des habituels pochons de dragées et des cornets de friandises destinés aux enfants, je n'ai pas prévu de présents pour les invités. Pire encore, je n'en ai pas acheté à mes hôtes. Il devient urgent de réparer cet oubli. Demain, par exemple.

— Oui, un cadeau pour vous, me confirme Rodolph. Je n'ai pas le droit de vous en dire plus. Mon maître m'a demandé de l'emballer, je sais donc de quoi il s'agit, mais il m'a interdit de vous en parler.

J'adore les présents, et ce même s'ils proviennent d'un grincheux incapable de profiter de la vie. Cherche-t-il à se faire pardonner ? C'est fort probable. Que souhaite-t-il m'offrir ? Le guide du parfait chaperon ?

Une cavalcade dans l'escalier retentit et m'empêche de creuser la question. Ensuite de quoi, Clara, Odile et Kristen débarquent dans le hall. Laisse bien tendue et langue pendante, Oust marche droit devant.

— On vient, nous aussi. Gilles nous a invitées, m'annonce la benjamine. Tu nous emmènes, Amandine ?

— Wouaf !

— Je n'aime pas conduire la nuit, se justifie Kristen.

L'instant d'après, nous montons dans ma Twingo, direction le complexe hôtelier. Les golfettes sont des véhicules bien sympathiques. Mais pour braver l'obscurité, traverser un bois plein d'ornières sans finir en glaçon, mieux vaut les éviter.

Durant le trajet, nous déplorons unanimement l'absence de Lorraine. Je la plains sincèrement de devoir dîner en tête-à-tête avec son frère. Monsieur n'a pas de place pour l'amour dans sa vie, m'a-t-il dit. Moi non plus, mais j'aime explorer de nouvelles possibilités, ce qui n'est pas son cas. Quel rabat-joie !

D'un autre côté, je comprends sa situation. Un club de golf à gérer, des sœurs à entretenir, une belle-mère toujours par monts et par vaux, et maintenant, un fox-terrier turbulent. D'aucuns auraient déclaré forfait et envoyé paître cette bande de pique-assiette depuis belle lurette. Je serais bien injuste de lui reprocher son dévouement à sa famille.

Quant à Lorraine, on peut s'interroger sur les raisons profondes de sa réclusion. Par superstition, m'explique Kristen. Mon amie aurait peur qu'il n'arrive malheur à son couple si son fiancé la voyait avant le mariage. Mais enfin, nous ne sommes plus au temps des pharaons, où toutes sortes de croyances irrationnelles minaient la société égyptienne.

Une fois parvenues devant l'hôtel, nous attendons qu'Oust ait fait ses besoins sur une plate-bande avant d'entrer. Nous gagnons la salle de restaurant, que le directeur a pris soin de décorer avec un magnifique sapin blanc, des boules bleues et des guirlandes argentées. Le va-et-vient incessant des convives entre leurs chaises et le buffet central nous empêche de savoir où diriger nos pas. Par chance, Gilles nous fait signe de le rejoindre à sa table, à l'écart de l'agitation et tout près d'un poêle à bois allumé. Ses parents, son frère, sa sœur et le mari de celle-ci nous sont présentés : des gens charmants.

Comme il ne leur reste qu'une place libre, il est décidé qu'elle me sera réservée. Odile ayant repéré ses cousines du Canada, Clara, Kristen, Oust et elle courent les retrouver. Je m'assieds entre Gilles et son cadet Alexis, de deux ans plus jeune. Lesquels m'abreuvent de blagues. Je passe un excellent moment en leur compagnie et mange plus que de raison – le buffet offrant de nombreux mets délicieux. Les *grumbeerekiechle* – ces galettes de pommes de terre frites – sont à tomber. Gourmande que je suis, je me gave de *kasekuchen*, une tarte de fromage blanc particulièrement réussie. En revanche, je ne touche pas à une seule goutte d'alcool dans la mesure je conduirai au retour.

Le dîner s'achève, nous poursuivons la soirée par un karaoké qui revisite le répertoire de Noël. Encouragée par Gilles et Alexis, je m'enhardis à pousser la chansonnette avec « Let It Snow ! Let It Snow ! Let It Snow ! » de Frank Sinatra, que j'adore.

Sur le coup de onze heures, je ramène Kristen et les filles au manoir. Nous nous souhaitons bonne nuit avant de regagner nos chambres respectives.

Bien qu'exténuée, je veille à ne pas écourter ma toilette. Ma nuisette enfilée, je m'enduis le visage d'huile de bourrache et entame mon yoga facial, assorti de massages. C'est alors qu'on frappe à ma porte. Je vais ouvrir.

— Bonsoir, Amandine, me lance Romain. Puis-je entrer ?

À la différence de moi, il est encore tout habillé, et aussi très beau avec son léger voile de barbe. C'est la raison pour laquelle je choisis de le laisser dehors.

— Non, pas possible... Je suis occupée, bougonné-je, consciente de ne pas offrir un spectacle des plus ragoûtants avec ma peau luisante.

— J'ai un cadeau pour toi.

De la poche de son cardigan, il tire un étui orné d'un ruban et d'un nœud un peu tordu, puis me le tend. Rodolph m'ayant vendu la mèche, je ne suis guère surprise. Bienséance oblige, j'affecte le plus vif étonnement.

— Oh ! C'est pour moi ?

— Oui... Prends-le, m'encourage Romain, alors que je n'ai toujours pas bougé.

— Je ne peux pas. Pose-le sur la commode.

Sur ce, je lui montre mes mains huileuses.

— Donc, finalement, tu me donnes la permission d'entrer, observe-t-il avec un sourire en coin.

Il va s'asseoir sur mon lit et commence à défaire l'emballage.

— Je peux ? me demande-t-il, dénouant le ruban.

Les yeux rivés sur mon cadeau, j'opine du chef.

— Tu sais, tu n'as pas besoin de mettre toutes ces horreurs sur ton visage. Je te trouve très jolie sans.

Une semaine plus tôt, je me serais énervée. Ce soir, je n'ai pas envie de ressasser des histoires de hamster. Les pages sont faites pour être tournées. Pour autant, je n'ai nullement l'intention de cesser mes exercices de gymnastique faciale. Ils me réussissent plutôt bien.

— Merci du compliment, répliqué-je, me résignant à attraper une serviette pour dégraisser mes mains.

Je suis ainsi en mesure de récupérer l'étui, que j'ouvre, et découvre une statuette émaillée de bleu et finement ouvragée. Elle tiendrait dans ma paume si j'osais m'en saisir. Mais s'il s'agit de ce à quoi je pense, mieux vaut la laisser dans son écrin. Cet artefact de l'Égypte antique est bien trop précieux.

— Est-il... authentique ? Date-t-il... de l'époque pharaonique ? balbutié-je, très émue.

— Tout à fait. Il te plaît ?

— Il est magnifique. Où l'as-tu trouvé ? C'est une pièce rare.

— J'ai un client et ami commissaire-priseur qui a accepté de me le vendre en direct, m'explique Romain. Il aurait appartenu au commandant de la flotte royale sous la XXVIe dynastie.

— Je ne sais pas quoi dire.

— Alors ne dis rien et prends-le. Il est à toi.

— Pourquoi... pourquoi m'offrir un tel cadeau ? l'interrogé-je.

— J'avais envie de te prouver que je n'étais pas un connard de première.

Eh bien, là, il m'en bouche un coin ! Parce que rien ne pouvait me faire plus plaisir que cet oushebti. Il s'agit de l'une de ces statuettes funéraires que l'on plaçait en grande quantité dans les hypogées de l'Égypte antique. Leur rôle consistait à remplacer le mort dans les travaux des champs de l'au-delà. Au nombre de une pour chaque jour de l'année, elles assuraient à leur maître un repos éternel, exempt de corvées.

Émerveillée par la finesse des détails, j'attrape l'artefact avec d'infinies précautions.

— Cela mérite bien un baiser, me susurre Romain, qui s'est levé pour venir m'enlacer.

Je devrais le repousser, mais je me sens soudain faible. Son regard ensorcelant me donne des frissons. Toutefois, je fais tout mon possible pour ignorer la chaleur que ses paumes diffusent dans mon corps. Eu égard au manque de constance du monsieur, je me dois de rester prudente.

— On ne m'achète pas avec un cadeau, aussi précieux soit-il, me hérissé-je, les nerfs tendus.

— Ce n'était pas mon intention.

Il approche sa bouche de la mienne, je détourne aussitôt la tête de sorte que ses lèvres atterrissent sur ma joue.

— Demande-moi de partir, et je partirai, me chuchote-t-il à l'oreille. Mais ne me dis pas que tu n'as pas envie de m'embrasser, je ne te croirai pas.

Son souffle chaud qui effleure ma peau... Son parfum viril qui semble pénétrer chaque parcelle de mon corps... Cette façon qu'il a de me couver des yeux... Au secours ! Je ne réponds plus de rien.

— Je croyais qu'il n'y avait pas de place pour l'amour dans ta vie, me dérobé-je.

— Il n'y a que les idiots qui ne changent pas d'avis. Je t'en prie, Amandine, ne me refuse pas ce baiser de la réconciliation...

— Ouiii, un bisou ! s'écrie une petite voix, le coupant dans son élan.

Aussitôt, Romain me relâche et recule. Je pivote vers la porte et aperçois dans l'entrebâillement la tête rousse de Clara surmontée de celle, blonde à mèches roses, d'Odile. Laquelle est coiffée du crâne chauve du majordome. Ainsi, je compte trois paires d'yeux braqués sur nous.

— Jamais tranquilles ! maugrée Romain avant de se mettre à beugler. Le spectacle est terminé, tout le monde au lit.

Hélas, personne ne l'écoute. Quant à moi, j'aurais bien aimé poursuivre ce très stimulant tête-à-tête avec lui. Ce sera pour une autre fois... ou pour la Saint-Glinglin !

— Alors, c'est bon ? Ils se sont réconciliés ? demande Kristen depuis le couloir.

— Laissez-moi regarder, râle Lorraine. Priorité aux aînés.

— Arrête de pousser, grogne sa cadette. De toute façon, il n'y a rien à voir.

— Je vous rappelle que nous devons nous lever tôt demain, tranche Romain avant de prendre la poudre d'escampette.

— Pas de bisous, commente Clara après son départ.

— Flûte ! Nous l'avons fait fuir, regrette Kristen. Hashtag-je-joue-les-prolongations.

— Au moins, il t'a offert un magnifique cadeau, me dit Lorraine.

— C'est moi qui l'ai empaqueté, intervient Rodolph avec fierté.

Serrant fort l'oushebti dans ma main, j'attends que tout ce petit monde s'en aille pour refermer la porte à clé et m'allonger sur le lit, un brin frustrée. Quelle bande de casse-pieds ! J'aurais bien aimé savoir jusqu'où ce baiser manqué aurait pu nous mener, Romain et moi.

28

Vendredi 23 décembre

Oyez, oyez, bonnes gens ! Qu'on se le dise, Romain est une vraie girouette. Un type qui souffle le chaud et le froid. Qui dit blanc et qui dit noir. Promis, juré, la prochaine fois qu'il me fait son numéro, je l'envoie sur les roses, moi !

Je me lève aux aurores. J'y suis obligée, un travail de titan m'attend aujourd'hui. Le mariage civil a lieu à midi et demi à la mairie d'Eguisheim. D'ici là, j'espère trouver des présents pour toute la maisonnée.

Je commence par appeler le traiteur et m'assure qu'il n'oubliera pas le vin d'honneur que je lui ai commandé. Puis je téléphone à mon fournisseur de décorations. Après plusieurs minutes de tergiversations, j'opte pour une clochette et une bougie électrique en forme de cœur. Il y en aura une de chaque par invité, le tout emballé dans une chaussette de

Noël brodée aux couleurs de l'Alsace – rouge, blanc et jaune. Je ne m'en tirerai pas à si bon compte avec les cadeaux de mes hôtes. Il me faudra plonger dans la folie des centres commerciaux.

Le temps de déjeuner sur le pouce, je prends ma Twingo et pars m'entasser dans la cohue des retardataires de Noël au supermarché le plus proche, à une dizaine de kilomètres d'ici. Mes semblables sont tous plus désespérés que moi à la perspective de rentrer bredouilles. Notre détresse égale presque celle du personnage du *Cri*, le célèbre tableau du peintre norvégien Edvard Munch. Il règne une atmosphère de fin du monde dans les rayons dévalisés.

Je réussis tout de même à rafler les reliefs de la razzia des jours précédents : des livres, des produits de bain et des chocolats. Tant pis pour la balance des filles. Des petites plantes grasses pour Joséphine et les gardiens du domaine. Un jouet couineur – Oust va l'adorer. Un carnet pense-bête pour Rodolph. Le tire-bouchon que je destine à Romain n'égalera jamais l'artefact qu'il m'a offert, mais comme il m'a coûté un ongle pour l'extirper du haut de son étagère, il possède une certaine valeur.

Mon butin chèrement acquis dans le coffre, je retourne au manoir où règne une ambiance tout aussi apocalyptique que celle des magasins. Ça crie, ça aboie, ça court dans tous les sens. Toute la maisonnée semble avoir perdu la boule.

Remontant l'escalier, je croise un Romain survolté qui le descend. Il n'est pas d'humeur à flirter

– comme dirait Clara. Et c'est tant mieux, car je serais plutôt encline à lui envoyer des boulets de canon.

— Sais-tu faire des nœuds ? me lance-t-il, l'air désemparé.

Sa cravate pend lamentablement à son cou et altère l'élégance de son smoking bleu nuit.

— Oui, répliqué-je aussi sec.

Lors des cérémonies d'échange des vœux de mes clients, je suis souvent amenée à jouer les pompiers de service. Une couture défaite, un bouton détaché ou une cravate mal nouée, et me voilà en action pour parer au plus pressé.

Je dépose mes paquets sur une marche et entreprends d'aider Romain. Raide comme un piquet, les mâchoires crispées, il me scrute avec une expression que je ne saurais déchiffrer. Parfois, mes doigts frôlent sa peau ; il tressaille en même temps que des frissons me parcourent le dos. Bon sang ! Qui a monté le chauffage ? Qu'il est exaspérant de perdre ainsi ses moyens !

— Regarde ailleurs. Je n'y arrive pas, lui ordonné-je.

— Te troublerais-je à ce point ?

— C'est bon, c'est terminé, tu peux y aller.

— Tu as trop serré le nœud, se plaint-il, tirant sur sa cravate. Je ne peux plus respirer.

Et moi donc ! À force de retenir mon souffle, je suffoque. Sur ces entrefaites, Oust déboule ventre à terre entre nos jambes. Dévalant l'escalier à sa suite, Rodolph surgit, tout aussi hors d'haleine que moi.

— Toutes mes excuses pour le dérangement, lâche-t-il, contournant mes paquets pour nous dépasser.

— Qu'y a-t-il encore ? gronde Romain, très irrité.

Un bref instant plus tard, Clara fait son apparition et répond à sa question.

— Oust a volé un gant à maman. Si on ne le lui reprend pas très vite, il le mettra en pièces.

— Tout va à vau-l'eau dans cette baraque, grommelle son frère avant de s'éclipser.

De retour dans ma chambre, je m'habille simplement d'une robe-pull bleue en laine. L'heure venue, Lorraine, en tailleur jupe ivoire, et ses sœurs grimpent dans le SUV de Romain. Kristen, son toutou farceur, Joséphine et Rodolph s'entassent dans ma Twingo. Notons au passage qu'Oust a rendu son gant à sa maîtresse. En plutôt mauvais état puisqu'un trou perce l'un des doigts.

Twingo et SUV partent rejoindre les deux bus qui attendent devant l'hôtel du golf et dans lesquels sont installés les proches des futurs mariés et les gardiens du domaine. Puis nous roulons en procession jusqu'au parking de la mairie d'Eguisheim où nous garons les voitures, tandis que les bus se contentent de déposer leurs passagers. Ils stationneront ensuite un peu plus loin au parking de la Tuilerie.

C'est dans la salle des actes que Lorraine et Gilles s'unissent civilement. La cérémonie est plus solennelle que festive. Hormis la voix du fonctionnaire ceint de l'écharpe tricolore, aucun bruit ne trouble la gravité du moment. J'en ai la larme à l'œil.

Le mariage contracté, le traiteur que j'ai embauché sert un vin d'honneur aux participants. Petits fours, verrines, pizzas, quiches, charcuteries et mignardises se succèdent sur les plateaux des serveurs. J'ignore si je me fais des idées, mais il me semble que Romain me surveille par de discrètes œillades. Un rictus étrange retrousse ses lèvres. Que dois-je en déduire ? Les *flammekueche* ne seraient-elles pas à son goût ? J'avoue avoir mangé des tartes à l'oignon et aux lardons un peu moins sèches. Serait-il jaloux ? Il faut dire qu'Alexis, le frère de Gilles, ne m'a pas lâchée d'une semelle depuis l'ouverture du buffet. Et comme j'apprécie son caractère jovial, je n'ai pas cherché à lui fausser compagnie.

— Alors, dis-moi tout, Amandine, me lance-t-il, tandis que je savoure un mini-sandwich de sablés fourré à la confiture de framboises et dont celui du dessus est troué en forme de cœur au milieu. Est-ce que notre très talentueuse *wedding planner* a quelqu'un dans sa vie ?

Un peu surprise par sa question, je cesse de mastiquer et le dévisage. Les lunettes en moins, il est la copie conforme de son frère Gilles. Silhouette filiforme, cheveux bruns bien coiffés et yeux sombres. Lesquels pétillent de malice, de sorte que je suis incapable de savoir si ses propos d'apparence anodine cachent une arrière-pensée.

— En fait non. C'est bien connu, les cordonniers sont toujours les plus mal chaussés.

Il rit de ma blague. Peut-être un peu trop fort, car plusieurs personnes se tournent vers nous, dont Kristen, Clara et Odile. Quant à Romain, il nous gratifie de son regard le plus méprisant. Qu'il aille voir ailleurs si j'y suis !

— Qui sait si tu ne trouveras pas chaussure à ton pied aujourd'hui ? susurre Alexis.

— Ça m'étonnerait fort. Autant te prévenir, j'ai les orteils griffus et un os du talon particulièrement robuste.

Il s'esclaffe encore. L'attention de la salle semble se porter de nouveau sur nous. Pour le coup, je me sens à l'étroit dans mes petites bottines, mais pas du tout mécontente de voir la tête que Romain tire. Il donne l'impression d'avoir avalé de travers tant il est rouge.

— Salut, Amandine, m'interpelle soudain une voix haut perchée dans mon dos. Tu en veux une ?

Je pivote sur moi-même et tombe nez à nez avec Élisabeth, très en beauté dans une robe moulante noire et des talons aiguilles. Qu'elle en profite bien ! Demain, elle aura l'air d'une meringue à la fraise avec sa tenue de demoiselle d'honneur. Elle me tend l'une des deux coupes de champagne qu'elle tient dans ses mains. Je secoue la tête.

— Euh, non merci ! C'est moi qui conduis, je ne bois pas.

En outre, qui sait si elle n'a pas versé du poison dedans ? Elle propose la coupe à Alexis qui, lui, l'accepte avec enthousiasme.

— Tu nous présentes ? me demande-t-elle, coulant des regards aguicheurs à mon compagnon.

— Élisabeth, je te présente Alexis, le frère du marié...

— Célibataire et libre comme l'air, m'interrompt l'intéressé qui se fend d'une révérence particulièrement comique.

— Alexis, voici Élisabeth.

— La presque fiancée de Romain, ajoute la pintade blond platine, avant de tremper ses lèvres dans sa coupe de champagne.

— Enchanté, s'empresse de répondre Alexis, visiblement sous son charme. Mais également déçu qu'une si séduisante demoiselle soit déjà prise.

— Oh ! ça peut toujours s'arranger, glousse Élisabeth.

— Je ne suis pas partageur, réplique du tac au tac Alexis.

— Moi non plus.

Commence alors une conversation pleine d'allusions polissonnes où j'ai tout simplement l'impression de jouer les chandelles. Clins d'œil appuyés, sourires stupides, mains se baladant d'une épaule à l'autre se succèdent à un rythme effréné. J'assiste là à un spectacle de mime auquel on aurait rajouté une bande-son. Heureusement pour ma santé mentale, le père d'Alexis accourt à notre rencontre, tout essoufflé, et y met fin.

— Tu étais là, toi ! halète-t-il, s'adressant à son fils. Désolé de vous déranger, mais... Alexis, on t'attend pour le discours.

— Quel discours ?

— Celui que tu dois prononcer avant le départ du maire. Il ne peut pas rester trop longtemps. Il tient un stand au marché de Noël. Donc ça urge.

Et tandis que le père et le fils s'éloignent, j'en fais autant dans la direction opposée. Je pensais pouvoir échapper à Élisabeth en allant me cacher derrière un palmier en pot, mais elle me suit à l'écart des convives.

— Alors ? Ça en est où, ton histoire avec Romain ? attaque-t-elle tout de go.

— Nulle part, éludé-je, souhaitant me débarrasser d'elle.

— C'est plus sage. Cet homme n'est pas fait pour toi. Il a une haute estime de lui. Et pour cause, il est si mondain, si classe. si...

— Pourquoi ne pas me traiter de ringarde, tant que tu y es ?

Elle part d'un grand éclat de rire qui, par chance, est couvert par le discours au micro d'Alexis.

— Tu m'ôtes les mots de la bouche, rebondit-elle. Et puis, il a un fort caractère. Il peut parfois se montrer autoritaire et tyrannique. Jamais tu ne réussiras à lui tenir tête.

— Une relation de couple n'est pas un match de boxe.

— Avec Romain, ça l'est, crois-moi. Mais passons. L'important, c'est que vous ne soyez pas ensemble. J'ai donc toutes mes chances.

— Je ne le pense pas, tonne Rodolph, qui nous a rejoints derrière le palmier.

— Pardon ? lui demande Élisabeth, pinçant le nez et plissant les yeux.

— M. Romain a offert un cadeau de réconciliation à Mlle Amandine.

— Ouah ! s'écrie la blonde platine, l'air faussement impressionné. Et après ? S'il avait voulu l'écarter de son chemin, il ne s'y serait pas pris autrement, soyez-en certain.

— Mon maître a aussi demandé à Mlle Amandine de lui faire son nœud de cravate. Habituellement, cet honneur m'est réservé.

— Vous qui êtes son larbin depuis tant d'années, vous devriez savoir qu'il déteste les personnes collantes. Il en avait peut-être assez de vous voir collé à ses basques.

Je choisis ce moment pour m'éclipser. Pff ! La seule personne collante que compte cette salle s'appelle Élisabeth. Je veillerai désormais à ne plus traîner dans son sillage.

Je me joins au reste des invités et assiste ainsi à la longue série des discours. Les proches de Gilles et de Lorraine étant de grands bavards, la séance de blabla ne s'achève qu'aux alentours de seize heures.

Je prends alors la parole pour porter un dernier toast aux mariés, puis j'annonce la suite des réjouissances.

— Et maintenant, je vous propose de visiter le marché de Noël. Soit par vous-même, soit en suivant un veilleur de nuit. Pour le retour, les bus vous attendront sur le parking de la mairie dès dix-huit heures. Ils lèveront le camp à dix-huit heures trente très précises. Ne les ratez pas.

29

Comment ai-je osé les envoyer tous dehors par un froid pareil, objecterez-vous ? Suis-je devenue folle ou ai-je tout simplement envie de recevoir des tartes à la crème en pleine figure ? Rassurez-vous !

D'une part, nous avons tous prévu manteaux, gants et bonnets. Certains invités un peu trop dénudés – suivez mon regard en direction de la pintade blond platine ! – ont même apporté des habits de rechange.

De l'autre, un tonnerre d'acclamations et de vivats accueille ma proposition, car les marchés de Noël en Alsace sont célèbres dans le monde entier et exercent un fort pouvoir d'attraction. Nous autres, Alsaciens, en sommes très fiers.

Celui d'Eguisheim est très mignon et a cela de typique qu'il s'étend dans tout le centre de ce village médiéval. Outre les kiosques des marchands et des artisans, une balade dans les ruelles concentriques nous permettra d'admirer les maisons à colombages. Le torchis qui renfle entre leurs poutres de bois revêt l'aspect de la guimauve et, jumelé aux bonnes odeurs de sucre chaud, ne manquera pas de nous mettre l'eau à la bouche.

Ceux qui parmi nous choisiront de suivre un veilleur de nuit dans sa ronde apprendront que les couleurs des maisons ont une signification. Principalement vert émeraude, magenta, ocre et bleu marine, elles avaient été instaurées du temps où peu de gens savaient lire. Elles indiquaient ainsi l'endroit où trouver le boulanger – repéré en jaune –, l'ébéniste – en bleu –, le forgeron – en rouge – ou le couturier – en vert.

Au sortir de la mairie, nous demeurons tous sur la place centrale d'Eguisheim, à attendre le coucher du soleil et l'allumage des décorations au son de chants de Noël diffusés par des haut-parleurs. Ce qui fait un sacré paquet de monde, vu que les touristes abondent.

Lorraine et Gilles sont allés se planter devant la fontaine Saint-Léon agrémentée de sapins blancs, pour une séance improvisée de photos avec leurs invités. Romain souhaite probablement figurer sur tous les clichés, car il ne les quitte pas d'une semelle. Kristen, Clara et Odile sont allées rejoindre Enzo au stand de choucroute, où l'adolescent aide ses parents à servir les clients. Élisabeth, Salomé et Alexis tiennent un conciliabule animé devant la crèche de Noël. Et moi, je me retrouve seule avec Oust. De peur qu'on ne lui écrase les pattes, je l'ai enfoui sous mon manteau.

Peu à peu, la nuit tombe. Guirlandes et décorations s'allument. Alors que le village s'éclaire, nous nous éparpillons. Quelques-uns restent sur la place, qui, en contemplation devant la crèche de Noël, qui, massés autour des kiosques d'exposition, à l'affût d'un verre de vin chaud ou d'une *choco kuss* – une mousse légère à base de blancs d'œuf sur une gaufrette croustillante, le tout enrobé de chocolat. D'autres préfèrent se joindre à la ronde des veilleurs de nuit. Je suis de ceux-là. Oust aussi. Je le pose par terre et demeure en retrait du groupe pour lui éviter de se faire piétiner.

Paré d'un tricorne et d'une cape noirs, une corne à son cou, sa hallebarde à la main et une lanterne dans l'autre, le vieil homme qu'Oust et moi suivons avance d'un pas ferme. Je suis contrainte de trotter pour ne pas me laisser distancer. C'est heureux qu'il fasse des pauses de temps en temps pour nous conter des histoires ou chanter. L'accordéoniste qui l'accompagne se met alors à jouer. Et il me faut reprendre ce fichu fox-terrier dans mes bras afin de le calmer et de l'empêcher de hurler à la mort.

À une époque reculée, les veilleurs de nuit étaient chargés de faire régner l'ordre dans les rues et de donner l'heure aux passants tout en leur souhaitant bonne nuit. De nos jours, nous avons nos téléphones portables pour ce qui est de nous repérer dans le temps. Le mien indique dix-sept heures, tandis que nous venons à croiser un groupe qui déambule en sens inverse et parmi lequel je reconnais Romain.

Lui aussi m'a aperçue et ne trouve rien de plus intelligent à faire que de me rejoindre.

— Tu ne restes pas avec ton groupe ? lui demandé-je, alors qu'il se range à mes côtés.

— Je ne comprends vraiment pas pourquoi Kristen a emmené son chien, réplique-t-il, éludant ma question.

— Il est mieux avec nous qu'au...

Au même moment, Oust lève la patte et lâche quelques gouttes d'urine sur un mur.

— Non, pas ici, le grondé-je, me hâtant de tirer sur sa laisse.

— C'est bien ce que je ne cesse de répéter. Ce clébard est une véritable nuisance.

— Étant donné que tu me considères également comme une catastrophe ambulante, je ne vois pas ce que tu fabriques avec nous.

— J'avais besoin de te parler.

— Je n'ai rien à te dire, rétorqué-je, accélérant le pas.

— Moi si. De quoi discutiez-vous tout à l'heure, avec l'autre couillon ?

— Pardon ?

— Alexis, soupire-t-il, comme si c'était l'évidence même.

— Nous nous amusions entre personnes aimables et pas du tout soupe au lait.

Romain feint d'ignorer mon allusion à son sale caractère et embraie sur un sujet différent.

— Et avec Élisabeth ? demande-t-il à brûle-pourpoint.

— Je ne sais pas de quoi tu parles. Je n'ai pas discuté avec elle depuis les séances d'essayage des robes.

— À d'autres ! Je vous ai vues derrière un palmier en pot, pendant que je faisais mon discours.

Comme j'esquisse une grimace, il fronce les sourcils.

— Préfères-tu la version intégrale ou l'édulcorée ? hasardé-je, bien décidée à mettre les deux pieds dans le plat.

En réalité, je suis en train de fouler les pavés d'une ruelle qui mène à la rue du Rempart Nord. Et comme je n'avance pas très vite, Romain et moi sommes à la traîne. C'est à peine si l'on entend la voix du veilleur de nuit.

— L'une comme l'autre risquent de ne pas me plaire, donc vas-y, crache le morceau, insiste Romain.

— Eh bien ! Ton ex m'a gentiment prévenue que tu étais un être arrogant, autoritaire, tyrannique, méprisant...

— Rien que ça, me coupe-t-il d'un ton maussade.

— Attends, ce n'est pas terminé. Tu as aussi tendance à jeter tes petites amies comme de vieux sacs de linge sale. Élisabeth n'a toujours pas digéré votre rupture. J'imagine que tu n'as pas été tendre avec elle.

— Je n'étais pas amoureux d'elle. Que fallait-il que je fasse, selon toi ? Rester avec elle malgré tout ? Cela aurait été malhonnête de ma part.

Contrairement à ce que tu penses, je ne suis pas un lâche. Dès que j'ai compris que je n'avais pas de sentiments pour elle, j'ai préféré rompre.

— Ce qui est tout à ton honneur. Bon, il faut que je me dépêche de rattraper le reste du groupe. Viens, Oust, on met le turbo.

— Non, proteste-t-il, m'agrippant le bras. Pas avant que j'aie pu te dire ce qu'il en était pour nous deux...

— Youhou ! Amandine... Romain..., nous hèle subitement une voix de femme. Attendez-nous, on arrive.

Sans cesser de marcher, je jette un coup d'œil en arrière et aperçois Kristen et Clara, lancées à notre poursuite. Elles ne tardent pas à nous rejoindre. Maintenant que Romain et moi ne sommes plus seuls, je n'en apprendrai pas davantage. Je me sens aussi frustrée – voire plus – que si un film policier captivant s'était arrêté juste avant la divulgation de l'identité du coupable.

30

Samedi 24 décembre

J'adore les marchés de Noël. À celui d'Eguisheim, j'ai acheté une jolie écharpe et récolté des engelures aux pieds. Qu'importe ! Globalement, je me suis bien amusée.

La soirée d'hier ne m'a pas permis d'en savoir plus sur les intentions de Romain à mon égard. En effet, nous ne nous sommes plus revus. J'ai vaqué à mes occupations de *wedding planner*, et lui aux siennes.

Les parents de Gilles avaient convié à dîner tous les invités au restaurant de l'hôtel. Cette fois, Lorraine était de la partie. Romain aussi. Mais comme je n'étais pas installée à sa table, nous ne nous sommes pas reparlé. Nous nous tournions le dos, ainsi n'avons-nous pas échangé d'œillades. Dommage ! Ce mode de communication peut s'avérer bien utile pour briser la glace… ou pour se fusiller du regard.

Une fois le repas terminé, je n'ai pas prolongé la soirée. La fatigue m'accablait. Je suis donc rentrée tôt. En voyant des flocons tourbillonner dans le faisceau de mes phares, j'ai pressenti les ennuis. Il neigeait. À cause de la douceur du climat, cela n'était pas censé arriver. Si le phénomène se poursuivait, il pourrait bien prendre une ampleur démesurée. Routes bloquées, pannes d'électricité… Mon histoire avec Romain deviendrait alors le cadet de mes soucis.

Je me suis endormie en implorant le ciel pour que les températures remontent. À mon réveil ce matin, je comprends que mes prières ont été vaines. Il ne fait pas encore jour ; pourtant, une lueur blafarde caractéristique baigne ma chambre et atteste la présence de neige au-dehors. Je m'approche de la fenêtre. Effectivement, un manteau immaculé couvre le jardin, les voitures sont couronnées d'une couche épaisse, et la forêt d'une blancheur infinie revêt un aspect enchanteur.

La bonne nouvelle, c'est que nous n'aurons pas besoin des canons à neige. Les traîneaux sur lesquels les mariés feront leur entrée glisseront facilement sur la poudreuse. Mais dans quel état sera le réseau routier ? Une vingtaine d'invités habitent Colmar, Strasbourg et les environs. Ils ne dorment donc pas au complexe hôtelier. Pourvu qu'ils puissent rouler jusqu'ici.

Après m'être habillée chaudement, je descends dans la salle à manger, déserte. Des mets délicieux ont été disposés sur le buffet de desserte à l'intention des lève-tôt. Joséphine s'est surpassée : pains d'épice, viennoiseries, *késala* – ces beignets de carnaval croustillants –, parts de *streusel* aux poires – ce gâteau à la pâte à crumble émiettée –, kouglofs saupoudrés de sucre glace, saucisses, œufs au plat... De quoi ravir toutes les papilles. Il y a même du *schneckekueche* – une grosse brioche à la crème pâtissière et aux amandes –, mais eu égard à mes allergies, je n'y toucherai pas. À la différence des jours précédents, la pièce se remplit à mesure que mon assiette se vide.

Mes hôtes entrent les uns après les autres. D'abord Kristen qui balbutie un bonjour indistinct. Puis Odile, Clara et Oust, très excités à l'idée de s'ébattre dans la neige. Main dans la main, Lorraine et Gilles les suivent à quelques minutes d'intervalle. Enfin, Romain nous rejoint.

Je m'empourpre en croisant son regard. Ai-je rêvé ou m'a-t-il souri ? J'aimerais bien savoir quelle est la nature de notre relation. Trois baisers suffisent-ils à parler d'amour ? La remarque de Lorraine me ramène à des préoccupations plus terre à terre.

— Nous aurons droit à un Noël blanc. N'est-ce pas fantastique ? La fête de ce soir sera splendide.

— Et si on faisait une bataille de boules de neige ? lance Clara.

— Je suis partante, réplique sa mère.

— Moi aussi, rebondit Odile.

— Les jeunes filles sérieuses préfèrent faire des bonshommes de neige, les rabroue son frère.

Un concert de protestations s'élève. Même Oust aboie pour manifester son soutien aux intéressées.

— Quel discours rétrograde ! conteste Gilles. Si mes étudiantes vous entendaient, elles vous lyncheraient.

— Sauf que vos étudiantes ne sont pas mes sœurs, le rembarre Romain. Que faites-vous ici ? Je croyais qu'une terrible malédiction risquait de vous frapper si vous voyiez votre fiancée.

— Lorraine et moi sommes désormais mariés. L'auriez-vous oublié ?

— Hélas, pas le moins du monde.

— J'ai caché ma robe de mariée. Gilles ne la découvrira que ce soir, intervient Lorraine.

— Et cette bataille de boules de neige ? demande Kristen.

— Chiche, on la fait dès qu'on a fini de déjeuner ! s'enthousiasme Odile.

Les acclamations fusent de toute part. Alors que le niveau sonore diminue, Rodolph pénètre dans la salle avec un balai serpillière dans une main et un seau dans l'autre.

— Je tiens à informer ces messieurs et dames que ces ustensiles ménagers seront à leur disposition près du portemanteau, dans le hall, nous annonce-t-il de sa voix tonitruante.

Sur ce, il disparaît. Et Romain prend la relève :

— Vous avez entendu Rodolph ? Ceux qui saliront les parquets les nettoieront.

— Si çà peut vous faire plaisir, soupire Gilles. Tu viens, ma douce, on va se préparer pour la plus grande bataille de boules de neige du siècle.

— Quand vous vous serez fait abîmer le portrait, il ne faudra pas venir pleurnicher, ricane Romain. Je vous rappelle que vous devez être présentables pour ce soir.

— Le fond de teint, ça existe, lui explique Kristen. Tu nous accompagnes, Amandine ?

Je me serais bien gardée de m'immiscer dans leurs affaires familiales, mais puisque l'on me demande mon avis.

— Pourquoi pas ?

Je remonte dans ma chambre pour y faire un brin de toilette. Une demi-heure plus tard, je me retrouve dehors et m'enfonce jusqu'aux chevilles dans un tapis neigeux luminescent. Tombés d'un ciel chargé de nuages gris, des flocons attardés atterrissent sur mon visage de temps à autre. C'est plutôt agréable. Une boule en aurait fait autant si je ne l'avais pas évitée. Et là, je n'aurais pas apprécié !

Eh oui ! La bataille a déjà commencé. Les pelotes cotonneuses voltigent de partout. Les combattants courent dans tous les sens, se cachant derrière les arbres et les voitures, poussant des cris de guerre ou de dépit. À ma grande surprise, Romain participe à ce phénoménal déploiement d'énergie et ne ménage pas sa peine pour bombarder son beau-frère. Lequel ne l'épargne pas non plus. Surexcité, Oust bondit sans relâche après les projectiles sans toutefois réussir à les attraper.

Gagnée par l'agitation, je me mets moi aussi à former de belles boules pour les envoyer sur qui passe à ma portée. Bien évidemment, j'en reçois plus d'une. Fatalement, je finis par adopter le mode furtif. Comprenez par là que je me tapis derrière un gros sapin pour échapper aux tirs nourris.

— Ah, ah ! Te voilà, toi ! gronde Romain.

L'instant d'après, une boule gelée heurte mon dos. Je m'empresse de la ramasser, y ajoute quelques poignées de neige fraîche et tasse vigoureusement le tout. Puis je me retourne, prête à riposter. Mais avant d'avoir pu la lancer sur mon assaillant, je reçois un autre projectile dans la jambe.

— Punaise ! maugréé-je. Tu vas prendre cher, c'est moi qui te le dis.

— J'aimerais bien voir ça, s'esclaffe Romain.

Trop hilare, il n'anticipe pas ma réaction et me laisse le viser avec mon boulet de canon. Lequel vole, fend l'air avec un sifflement et s'écrase sur son visage. En plein sur son nez, qu'il couvre de ses mains. Visiblement étourdi par le choc, il vacille sur ses jambes et se retient à un arbre. Zut ! Je l'ai salement amoché. Comment est-ce possible ? Je ne me connaissais pas une telle force. Et puis, est-ce ma faute si mes vœux ont été exaucés ? Depuis le temps que je rêvais de lui ratatiner le pif !

— Ça va ? lui demandé-je, à la fois inquiète et penaude.

— Un pied en capilotade, un nez aplati... Non, ça ne va pas du tout.

Les braillements qui s'ensuivent me convainquent de reculer. Alertés par son esclandre, ses sœurs, sa belle-mère, son beau-frère et Oust se rassemblent autour de lui. Ils érigent une barrière entre ma victime et moi, de sorte que je ne peux pas vérifier l'ampleur des dégâts.

— Vous êtes dans un sale état, mon pauvre ami, déclare Gilles, un sourire en coin. On va appeler un médecin.

Triple zut, c'est grave !

— Mais non, pépie Kristen. Un peu de glace, du fond de teint, et il n'y paraîtra plus rien.

— Qu'on ne me parle plus de glace ! hurle Romain.

— On sourit pour la photo ? Hashtag-bataille-de-boules-de-neige...

— Certainement pas, vocifère-t-il de plus belle.

31

Il neige tant et tant depuis ce midi que je ressens un vif soulagement en voyant arriver le traiteur, puis le dresseur des chiens de traîneau. L'équipe du premier prend ses quartiers dans les cuisines de l'hôtel tandis que le second s'installe avec ses huskys dans des dépendances toutes proches. Le caméraman et le photographe chargés d'immortaliser l'événement répondent également présents. Rien ne pourra gâcher la fête de ce soir. Du moins, je l'espère sincèrement.

Les routes ne seront bientôt plus praticables, mais puisque les derniers invités ont pu rejoindre le country club sans encombre, tout est pour le mieux. Une coiffeuse devait se déplacer jusqu'ici. Hélas, sa voiture n'a pas réussi à venir jusqu'au manoir. Sacrés veinards que nous sommes, Salomé nous apprend qu'elle détient des talents dans ce domaine. Prions pour qu'elle n'ait pas menti.

Souhaitant souffler un peu, je m'accorde une pause dans la cuisine, en compagnie de Joséphine.

C'est la seule personne de la maison qui n'a pas été gagnée par la fièvre des préparatifs.

— Tenez, Amandine, ce *latte macchiato* est pour vous, me dit-elle, tout en déposant devant moi une tasse de café au lait nappé de mousse. Douceur et robustesse dans une même boisson. Cela vous maintiendra éveillée.

— Ai-je l'air si fatiguée ? lui demandé-je, angoissée à l'idée d'avoir des cernes sous les yeux.

— Non. Mais j'ai comme l'impression que beaucoup de travail vous attend. À la radio, ils ont annoncé que des lignes électriques s'étaient effondrées sous le poids des congères. De nombreux foyers sont privés de courant. D'ici que ça nous arrive, à nous aussi.

— Ne me parlez pas de malheur ! m'écrié-je, parcourue par des frissons d'appréhension.

— J'ai appris que vous aviez amoché M. Romain. Il a maintenant une grosse bosse sur le nez, continue-t-elle, sautant du coq à l'âne.

— C'est à ce point ?

— Ne vous faites pas de soucis pour lui. Sa belle-mère a étalé du fond de teint dessus, on ne la voit presque plus. De toute manière, il l'a bien mérité. Il n'aurait pas dû vous traiter à la légère. Vous voilà vengée !

— Je vous assure que ce n'était pas intentionnel. La boule est partie toute seule, et il n'a rien fait pour l'éviter.

— Bah ! C'est la vie, déplore-t-elle, faussement attristée. J'ai appris que vous lui aviez fait son nœud de cravate. D'habitude, il ne laisse personne d'autre que Rodolph s'en charger. C'est signe qu'il s'est amouraché de vous sans oser se l'avouer.

Que répondre si ce n'est qu'elle se trompe ? Après toutes les misères que j'ai causées à son patron, il ne m'a plus en odeur de sainteté. Dommage ! Ce type, tout ronchon qu'il est, me plaît bien finalement.

Perdue dans ces pensées moroses, je sirote mon *latte macchiato*. De son côté, Joséphine m'explique pourquoi certains messieurs peuvent être capricieux en amour. Un truc en rapport avec les hormones et la génétique... Mais soudain, le lustre s'éteint. Nous nous retrouvons dans la pénombre, seulement éclairées par la lumière blafarde du dehors. Un silence inquiétant s'ensuit, mais ne persiste pas. Des cris d'orfraie nous parviennent et le meublent.

— Et voilà, je l'avais prédit ! soupire la cuisinière avec fatalisme. Ils nous ont coupé l'électricité.

Pour moi, les ennuis commencent. Et ils se matérialisent aussitôt après que j'ai allumé la lampe de mon smartphone.

— Amandine ! beugle Romain, dont les pas se pressent tumultueusement en se rapprochant. Pas la peine de te cacher, je sais où tu es.

— Mais elle ne se cache pas, lance Joséphine, m'ôtant les mots de la bouche.

— Ah, te voilà ! s'exclame-t-il.

Le faisceau de sa lampe torche pénètre dans la cuisine et m'arrive en plein visage. Lui reste sur le seuil, sa haute silhouette s'encadrant dans la porte.

— Coupure de courant ! lâche-t-il. Qu'as-tu prévu pour ça ?

Je rétorquerais volontiers que je ne suis pas Mme Météo ni la fée Énergie. Mais à quoi bon s'énerver ? Professionnelle jusqu'au bout des ongles, je me dois de proposer des solutions.

— Attendez, je téléphone à la compagnie d'électricité, me devance Joséphine qui, déjà, pianote sur son portable.

« En raison d'un grand nombre d'appels, nos opérateurs ne pourront pas vous répondre. Si votre demande concerne une panne liée aux récentes chutes de neige, nous tenons à vous assurer que nos équipes font tout leur possible pour réparer les lignes coupées », nous informe un message préenregistré.

— Voilà, c'est mort ! On en a au moins pour jusqu'à demain, prophétise la cuisinière après avoir raccroché.

— On fait quoi, maintenant ? grogne Romain, qui braque toujours sur moi le faisceau lumineux de sa torche.

— Tu m'éblouis. Ça m'empêche de réfléchir.

— Vous devriez baisser votre lampe. C'est mauvais pour les yeux, rebondit Joséphine.

Son patron applique son conseil, mais ne désarme pas.

— Je t'écoute, Amandine. Comment comptes-tu gérer la situation ?

L'irruption d'Odile et de Clara m'accorde un sursis.

— C'est affreux ! s'alarme la benjamine. On n'y voit plus rien.

— Allez trouver Rodolph, il vous fournira des lampes de poche, grommelle son frère.

— C'est la catastrophe à l'étage, riposte la cadette. On ne peut même plus se sécher les cheveux. Pour Lorraine, ce n'est pas gênant, Salomé a fini de la coiffer. Mais pour nous...

— Élisabeth n'est vraiment pas contente, précise Clara. Elle menace d'appeler les pompiers.

— Ce qui ne servirait à rien, commente Joséphine. Ils sont surchargés.

— Le groupe électrogène ! m'écrié-je au débotté.

— Déjà raccordé aux canons à neige, répond laconiquement Romain. Quoique...

— Je vois que tu commences à comprendre. Il nous sera très utile. Tu viens m'aider ?

Là-dessus, je quitte ma chaise et m'élance vers le hall. Tandis que je m'habille chaudement, Romain donne des instructions à la cantonade. Il me rejoint quelques instants plus tard.

— On prend ma voiture ou la tienne ? me demande-t-il après avoir enfilé anorak et chaussures.

— La mienne, répliqué-je aussi sec.

Nous nous précipitons dehors. Il ne fait pas encore nuit, mais le ciel est très sombre et continue de libérer de gros flocons paresseux. En m'enfonçant profondément dans la poudreuse, je me rends compte que nous ne pourrons pas rouler. La route qui serpente dans la forêt n'est pas dégagée.

— Je ne sais plus où j'ai rangé mes chaînes. Allons-y à pied, tranche Romain.

Comme je suis moins bien équipée que lui, je ne cesse de trébucher.

— Accroche-toi à moi, me dit-il.

Je me pends à son bras, et nous pénétrons dans le bois. La luminescence de la neige éclaire nos pas. Elle me permet également d'apercevoir la bosse sur le nez de Romain, qui me présente son profil. Elle n'est pas petite.

— Je m'excuse pour tout à l'heure, lui dis-je, confuse. Je ne comprends pas ce qui s'est passé, je n'avais pourtant pas tiré fort.

— C'est à cause de Gilles.

— Je... je ne te saisis pas...

— La boule que je t'avais envoyée et dont tu t'es servie pour m'amocher... Je l'avais reçue dans le bras juste avant. C'est l'autre guignol qui me l'avait lancée. Et il s'est avéré qu'il l'avait lestée avec un caillou.

— Non, pas possible. Jamais Gilles ne ferait une chose pareille.

— J'ignore ce que vous avez toutes à l'idéaliser, mais je peux t'assurer que ce type est tordu. J'ai vérifié : il y avait bien une pierre dans la boule.

Eh bien ! Leur inimitié est tenace. Nous poursuivons notre périple dans le silence. En dehors de quelques croassements de corbeaux qui déchirent l'air de loin en loin, les bruits de la forêt sont comme étouffés par l'épaisse couche de neige. Les aboiements des chiens de traîneau nous parviennent atténués.

C'est heureux que mes chaussures aient été conçues pour résister aux intempéries, sinon j'aurais eu les pieds trempés en arrivant à l'hôtel. Pas une lumière n'éclaire sa façade. Dans le hall, un grand nombre d'invités se sont réunis. Le directeur a eu la présence d'esprit de leur distribuer de puissantes lampes torches, aussi ne sommes-nous pas plongés dans l'obscurité.

Romain s'adresse aux infortunés et leur assure que la cérémonie nuptiale aura bien lieu comme prévu. Je profite de son petit discours pour filer aux cuisines. Loin d'être paniqués, le traiteur et ses employés ont triomphé de l'adversité, grâce aux réchauds à gaz et aux lampes-tempêtes qu'ils avaient emportés.

De retour dans le hall, j'aperçois Romain qui en sort. Gilles l'accompagne. Étrange ! Les deux hommes se seraient-ils réconciliés ou auraient-ils décidé d'aller se battre dehors ? Je cours à leur suite. Ils se dirigent tout droit vers le groupe électrogène. Mais enfin, un futur marié n'est pas censé se promener dans la neige à seulement quelques heures de la cérémonie nuptiale.

— Gilles, rentre immédiatement, lui crié-je. Tu vas attraper froid.

— Il n'est pas en sucre, marmonne Romain.

— De plus, vous avez besoin de moi, renchérit l'intéressé d'un ton jovial.

— J'en doute, protesté-je.

— L'électricité, c'est mon domaine, proclame Gilles, alors que nous nous arrêtons devant le groupe électrogène. N'oubliez pas que je l'enseigne à l'université.

— C'est bon, on est au courant, grommelle Romain.

— Eh oui ! Je suis l'homme de la situation. Acclamez votre sauveur.

32

Comme la centaine d'invités massés sous l'auvent du dépose-minute de l'hôtel, j'attends que les mariés arrivent sur leurs traîneaux. Mon cœur bat la chamade. C'est bien la première fois qu'une cérémonie nuptiale se déroule de cette façon : avec près de quarante centimètres de neige et un black-out total.

Grâce à Gilles, les éclairages extérieurs fonctionnent. Le sentier par lequel les héros du jour feront leur entrée est entièrement balisé par des girandoles de lampions. Nous avons même pu raccorder des braseros au groupe électrogène. Ainsi, nous ne finirons pas congelés. Qui a dit que les miracles de Noël n'existaient pas ? En revanche, la situation à l'intérieur est plus critique. Il nous a été impossible de tirer des câbles jusqu'aux salles de réception.

J'ai toutefois joué de chance. Souvenez-vous : les pochettes cadeaux destinées aux convives contenaient chacune une clochette et une bougie électrique. Je les ai distribuées tout à l'heure. Désormais, tout le monde tintinnabule à l'envi autour de moi. De jolies loupiotes rouge orangé luisent au-dessus de nos têtes, comme lors d'un concert à la chandelle.

— Les voilà ! s'écrie-t-on soudain.

Dans la foulée, des jappements se font entendre. Je me hisse sur la pointe des pieds. Au loin, dans la nuit noire, se profilent trois traîneaux tirés par des chiens. Des guirlandes à LED soulignent leurs contours. S'avançant en procession, ils soulèvent des tourbillons de neige étincelante et paraissent flotter sur des nuages de diamants.

Sur le premier se tiennent le marié et ses parents. Gilles semble beaucoup moins confiant que lorsqu'il s'occupait des raccordements électriques. Vient ensuite Lorraine, féerique dans sa sublime robe blanche et sa cape en fausse fourrure. Romain et Kristen l'accompagnent. Cette dernière est bien la seule à sourire. Les demoiselles d'honneur ferment le cortège, nous offrant un magnifique dégradé de rose que le photographe se fait un plaisir d'immortaliser.

Certains des invités parviennent à applaudir. Mais la plupart se contentent d'agiter frénétiquement leur clochette et de pousser des hourras. Comme je leur demande de rejoindre la pièce dédiée à la cérémonie symbolique, ils s'exécutent très docilement. Je leur emboîte le pas et attends que chacun ait gagné un siège pour aller prévenir les mariés que la voie est libre. Puis je retourne dans la salle et me place sur l'estrade, sous la gloriette en fer forgé et derrière un lutrin sur lequel je dépose mes notes. C'est moi qui officierai.

Les invités se sont tus. Je leur ai donné pour consigne de ne plus bouger, et ce, afin d'éviter tout tintement intempestif. Disposés en rangées de part et d'autre d'une allée, ils me font face. Je reconnais quelques têtes, dont Enzo tout devant. Leurs bougies éclairent faiblement la pièce, perçant péniblement l'obscurité. J'en ai ajouté tout autour de l'autel, ainsi que sur les arches qui enjambent le long tapis central. L'atmosphère qui nous entoure est surréaliste. On se croirait transportés à une autre époque ou dans une dimension parallèle.

Alors que Gilles et ses parents remontent l'allée, je retiens ma respiration et tente de ne pas laisser transparaître mon émotion. C'est ma meilleure amie que je m'apprête à unir symboliquement à cet homme... Il s'installe sous la gloriette. Quelques instants plus tard, Lorraine, visage caché sous un voile de tulle, fait son entrée. Je lève une main. En réponse à ce signal, les clochettes s'agitent et accompagnent la lente progression de la mariée. Son frère la tient par le bras. Leurs sœurs, Kristen, Élisabeth et Salomé les suivent de près. Et tandis qu'ils se rapprochent de l'autel, j'observe Romain. Il a fière allure dans son costume queue-de-pie bleu roi assorti à ses yeux.

J'attends que Lorraine ait rejoint Gilles sous la gloriette pour lever de nouveau la main. Les clochettes se taisent. Je peux ainsi entamer la cérémonie.

— Si nous sommes réunis ce soir de Noël dans ce magnifique complexe hôtelier, c'est pour unir Gilles Wendling et Lorraine Hartmann par les liens du mariage...

Une poussière me chatouille subitement la gorge. Je toussote, balaie des yeux l'assemblée. L'heure est grave. Une bonne centaine de regards me fixent. Celui de Romain est particulièrement intimidant. Me ressaisissant, je poursuis :

— Gilles Wendling, voulez-vous prendre Lorraine Hartmann pour épouse ? Voulez-vous l'aimer, la chérir, dans la richesse comme dans la pauvreté, dans le bonheur comme dans l'adversité, et ce, jusqu'à ce que la mort vous sépare ?

La réponse de Gilles est immédiate.

— Oui, je le veux.

Son aplomb et sa détermination m'émeuvent. De nouveau, ma gorge me gratte. Cette fois-ci, je me hâte d'avaler ma salive pour résister à l'envie de tousser.

— Lorraine Hartmann, voulez-vous prendre Gilles Wendling pour époux ? Voulez-vous l'aimer, le chérir, dans la richesse comme dans la pauvreté, dans le bonheur comme dans l'adversité, et ce, jusqu'à ce que la mort vous sépare ?

À travers son voile de tulle, les yeux de mon amie brillent.

— Oui, souffle-t-elle. Je le veux.

Ensuite, tout s'accélère. Les mariés s'échangent les alliances, s'embrassent. Clara éclate en sanglots, la salle applaudit. Kristen et le photographe professionnel nous mitraillent, leurs flashs crépitant furieusement. Ce tourbillon d'émotions m'empêche d'avoir les idées claires. Aussi, je reste sans réaction lorsque les lumières jaillissent des lustres.

— Ils nous ont remis l'électricité ! s'exclame Lorraine.

— C'est notre miracle de Noël à nous, rebondit Gilles.

Des hourras et des bravos fusent. C'est alors que se produit l'impensable, car aucun signe avant-coureur ne l'avait annoncé. Romain se précipite vers moi, derrière le lutrin, et m'enlace.

— Merci, Amandine. Merci pour tout, me dit-il, les yeux rivés aux miens.

— Je...

Je m'apprête à répliquer que je n'y suis pour rien si l'électricité a été rétablie, mais il m'étreint encore plus fortement et m'embrasse. Il m'embrasse à m'en couper le souffle. Ses bras forment un cocon dans lequel je me love avec bonheur. Toutes les tensions accumulées pendant la semaine s'évanouissent comme par enchantement. Je me sens si légère. Mes pieds ne touchent plus le sol.

— Baiser sous le gui, mariage imminent ! déclame Kristen.

Sa remarque me fait redescendre sur terre. Romain l'a également entendue puisqu'il s'est écarté. Mais contrairement aux fois précédentes, il ne me repousse pas. Tout en me gardant serrée contre lui, il lève les yeux. Au-dessus de nos têtes pend une touffe de gui.

— Qui sait ? murmure-t-il, m'adressant un sourire charmeur avant de hausser la voix. Et si nous allions tous fêter Noël ?

Sa proposition est acclamée comme il se doit. Il me prend par la main. Ensemble, nous rejoignons la salle de bal.

33

Romain et moi ne nous quittons pas de la soirée et enchaînons les danses. Rock-and-roll, valse, salsa... Nous n'oublions pas non plus de faire honneur au festin nuptial.

En entrée : chaussons aux pommes à la poire et au munster, velouté de butternut à la cannelle, toasts de pain d'épice, le tout servi avec un vin blanc gewurztraminer.

En plat principal : une oie rôtie au miel, farcie de pommes et de marrons, et assortie de chou rouge, de choucroute et de pommes de terre. Un pinot noir d'Alsace – seul cépage rouge accepté dans notre région – l'accompagne.

En dessert : une bûche de Noël façon « forêt-noire », glacée au chocolat et décorée de *mannele*.

Éléments indispensables de la tradition alsacienne : les *bredele*. Il y en a de toutes sortes. Je n'en ai jamais vu autant. Étoiles à la cannelle, cloches parfumées au citron, cœurs glacés au kirsch, marbrés damier, miroirs à la confiture, macarons coco, croquants à l'anis, spritz, meringues, spéculos, *mandelbari*, et j'en passe.

La fête est une vraie réussite. L'esprit de Noël est bien présent. Trop occupée à séduire Alexis, Élisabeth ne vient pas me la gâcher. Je suis si heureuse que je n'essaie pas de comprendre ce qui m'arrive. Je profite de ces moments de bonheur, d'amitié et d'amour. Cet amour que Romain ne cesse de me témoigner par des gestes tendres, de touchantes attentions et des regards empreints de douceur.

Alors que Robert, déguisé en père Noël, fait son apparition sur un balai à tête de renne, Romain récupère nos manteaux et m'entraîne vers la sortie.

— Tu viens ? me dit-il.

Il me scrute avec une telle intensité que je ne peux réprimer un frisson.

— Où veux-tu que nous allions ? lui demandé-je, feignant l'ignorance.

— Je te propose de rentrer.

— Il est encore tôt, protesté-je. La fête n'est pas finie. Nous allons manquer la pièce montée.

— Je sais. Mais j'ai très envie de me retrouver seul avec toi.

Le sourire plein de sous-entendus qu'il me décoche me fait frémir de plus belle.

— Es-tu sûr que tu ne le regretteras pas demain ? m'inquiété-je.

— Jamais.

Plissant les yeux, je le scrute. Il paraît sérieux... Mais est-il sobre ?

— Je n'ai bu qu'une flûte de champagne, ajoute-t-il, comme s'il devinait le motif de mes préoccupations.

Je jette un regard circulaire autour de moi. L'attention de la salle s'est fixée sur Robert-père Noël, qui distribue maintenant les cornets de friandises aux plus jeunes.

— Je t'assure que je ne suis pas saoul, insiste Romain.

Ces mots vainquent mes dernières réticences. Je le suis hors de la pièce. Main dans la main, nous rejoignons son Range Rover, qui avait réussi à braver la neige. Le trajet de retour s'effectue dans le silence. Je suis trop tendue pour le rompre.

— Chez toi ou chez moi ? me demande Romain, tandis qu'il se gare devant le manoir.

— Chez moi.

La maison est déserte. Tout le monde est encore en train de festoyer à l'hôtel. Nous montons à l'étage et gagnons ma chambre. À peine avons-nous refermé la porte derrière nous que Romain me soulève à bras-le-corps et m'entraîne vers le lit.

— Que d'empressement ! soufflé-je.

— Je n'y peux rien : tu m'as ensorcelé, Amandine. J'ai tellement envie de toi. Je ne peux plus attendre. Je veux t'aimer comme on aime une reine.

— Même les reines ne supportent pas d'être jetées après usage, riposté-je, sur la défensive.

— Je ne t'abandonnerai pas. Je t'aime, Amandine. Vraiment.

— Oh, Romain ! soupiré-je tout en me collant à lui. Tu as intérêt à ne pas bluffer.

— Je ne joue pas, là.

— Tant mieux.

Sur ce, je capitule. Nous nous déshabillons fébrilement, fiévreusement. Nos corps ne font bientôt plus qu'un. Romain se met alors en devoir d'honorer ses promesses. Avec fougue et tendresse, jusqu'à ce que nous sombrions dans un bienheureux sommeil, repus et comblés.

34

Dimanche 25 décembre

Quel mariage du tonnerre ! Il a pourtant failli tourner au fiasco quand l'électricité a été coupée. N'y pensons plus. Tout est bien qui finit bien.

Le jour est déjà levé lorsque j'ouvre les yeux. Très vite, je comprends que je ne suis pas seule dans le lit. Le bruit régulier d'une respiration résonne dans mes oreilles. Un corps chaud et ferme se colle au mien. Romain. Nous avons couché ensemble, il a dormi avec moi.

Mon Dieu ! Il ne faut pas qu'il me voie ainsi : toute décoiffée et les yeux bouffis. Je repousse en douceur le bras qu'il a enroulé autour de ma taille.

— Amandine ? marmonne-t-il.

— Dors.

Je me redresse lentement, tout en évitant de le regarder. Je n'ai pas mis les pieds par terre qu'une main s'agrippe à moi et me retient.

— Non, ne pars pas... Je veux que tu restes, proteste-t-il d'une voix ensommeillée.

— Rendors-toi, je reviens tout de suite.

Profitant de ce qu'il desserre un peu sa poigne, je m'échappe et me précipite dans la salle de bains. Avant de m'y enfermer, je jette un coup d'œil en arrière. Couché sur le ventre et les bras enlacés autour de mon coussin, Romain dort comme un bienheureux. Ne dépassent de la couette que le haut de son dos, ses cheveux blonds en désordre et ses pieds.

Gênée par sa nudité, je n'approfondis pas mon observation et file sous la douche. J'ignore combien de temps aura duré ma toilette, mais quand je sors de la salle de bains, enveloppée d'un peignoir, je tombe sur une scène aussi improbable qu'attendrissante.

Romain dort toujours, mais il n'est plus le seul occupant du lit. Ses sœurs et Kristen lui tiennent compagnie, assises de part et d'autre de lui. Étendu en carpette devant ses orteils, Oust les lui lèche. Mais ce n'est pas tout : Enzo et Gilles sont également présents, debout près de la porte.

— Qu'attendez-vous pour le réveiller ? se fâche le jeune marié. Qu'on en finisse !

— On attend Amandine, lui répond Lorraine.

— Elle est là ! s'écrie Clara qui s'est tournée vers moi, toute joyeuse.

— Chut ! lui ordonne Odile avant de s'adresser à moi à voix basse. Entre vite, Amandine, on va commencer.

— Alors, ça y est, vous avez concrétisé, tous les deux ? s'enquiert Kristen avec un grand sourire.

Gênée d'être au centre de toutes les attentions, je hoche la tête sans pouvoir prononcer un mot. Pourtant, j'aimerais bien leur demander les raisons de cette invasion.

— Voyons voir ce qu'en pense mon cher beau-fils.

— Encore faudrait-il qu'il émerge de sa cuite, ricane Gilles.

— Mais je suis sobre, gronde Romain qui s'est redressé. Que faites-vous tous ici ?

Il s'adosse à un oreiller et, tout en remontant la couette sous son menton, il chasse Oust du pied. Lequel chiot couine et part se réfugier auprès de Clara.

— C'est le jour de la distribution des cadeaux, explique la fillette.

— Et que fait ce garçon ici ? poursuit son frère, désignant du regard Enzo.

— Il n'a pas pu rentrer chez lui après la fête, riposte aussi sec Odile. Il y avait trop de neige. Alors il a dormi au manoir.

— Dans la chambre de Rodolph, précise Kristen. J'y ai veillé expressément.

— Le pauvre ! Il n'a pas dû dormir beaucoup, compatit Lorraine.

— Non, c'est bon, dément Enzo. J'ai mis du coton dans les oreilles et...

Tandis que des gloussements s'élèvent du côté du lit, le majordome pénètre dans la chambre, un gros sac sur le dos.

— Je ne ronfle pas, tonne-t-il. Jamais.

— Les cadeaux, les cadeaux, les cadeaux ! l'acclame Clara, aussitôt relayée par des applaudissements et des aboiements.

Tout le monde se précipite sur le sac que Rodolph a posé par terre. Plus personne ne s'intéresse à moi. Je hasarde un regard vers Romain. Il me scrute avec une telle insistance que je ne sais plus où me mettre. Regrette-t-il ses actes et ses paroles de la nuit ? Que faire : retourner m'enfermer dans la salle de bains ou m'enfuir ?

— J'ai une annonce à vous faire, lâche-t-il tout fort.

Comme s'il avait récité une formule magique, tous se taisent. Les bruits des emballages que l'on déchire cessent, et les visages se tournent vers le maître des lieux.

— Allez-y, mon vieux, faites-la, qu'on puisse ouvrir nos présents, grogne Gilles.

— Je vous annonce qu'Amandine et moi sortons désormais ensemble.

Il n'a pas achevé que des acclamations fusent de partout. Tout excité, Oust bondit comme une sauterelle.

— Non, sans blague, on n'avait pas deviné, ricane Gilles.

— Et un miracle de Noël en plus ! s'écrie Kristen. Hashtag-Noël-heureux.

J'amorce quelques pas en direction de Romain. L'instant d'après, je me retrouve dans ses bras.

— Es-tu bien sûr que tu ne vas pas te dédire ? chuchoté-je à son oreille, tandis que les autres finissent d'ouvrir leurs cadeaux, agenouillés sur le tapis.

— Sûr et certain. Maintenant, c'est officiel : nous sortons ensemble.

— Tout est allé si vite. Qu'est-ce qui me dit que tu ne reviendras pas en arrière quand j'aurai le dos tourné ?

— Ah non, jamais, réagit aussi sec Romain, l'air offusqué.

— Pourquoi ? Aurais-tu peur de perdre la face devant ta famille ?

— Figure-toi que je t'aime bien.

— Ah bon ? m'indigné-je à mon tour. Et moi, j'aime bien Oust. J'aime bien les *bredele*. J'aime bien le soleil. J'aime...

— Oh, ça va ! J'ai compris. Tu veux une déclaration d'amour, c'est ça ? Tu l'auras, mais pas tant que nous ne serons pas seuls.

L'attente risque d'être longue, car entre Noël – que l'on fêtera aujourd'hui – et la Petite Année – cette période de transition de douze jours entre l'ancienne et la nouvelle année –, nous ne serons jamais seuls.

35

La neige n'a toujours pas fondu. Peu d'invités ont pu rentrer chez eux. Un brunch de Noël leur a été servi au restaurant de l'hôtel. Romain a ensuite eu l'idée d'organiser une sortie en forêt pour y ramasser de grosses bûches. Car s'il y a une tradition bien ancrée en Alsace, c'est celle-là.

Du temps où les maisons n'étaient chauffées qu'avec un *kachelofe* ou une cheminée, on craignait beaucoup les incendies, en plus d'avoir toutes sortes de peurs, comme celle de ne pas revoir le soleil ou d'essuyer de mauvaises récoltes. Pour se porter chance, on mettait à brûler un gros tronc d'arbre la veille de Noël, et on le laissait se consumer lentement trois jours durant. Les tisons étaient conservés et devaient protéger les foyers des incendies. Les cendres étaient répandues sur les champs pour assurer de bonnes récoltes.

Chaudement couverts, nous nous enfonçons dans le bois qui jouxte le manoir. Les rayons du soleil filtrent à travers les branchages et dessinent toutes sortes d'ombres sur la neige que nous foulons. Plutôt que de me tenir aux côtés de Romain, qui ouvre la marche, je demeure en retrait. Je n'ai pas envie de m'afficher avec lui. Non que notre relation naissante ne me satisfasse pas. Contre toute attente, je suis aux anges. Mais je ne le répéterai jamais assez : tout est allé trop vite.

Kristen parle de miracle de Noël. Moi, je dis que c'est de la folie. Nous ne sommes pas dans un téléfilm de Noël, où l'on se jure le grand amour après seulement un mois. Ici, c'est la réalité, tout est pour de vrai. Chacune de nos actions a des conséquences. Que deviendra ma vie maintenant ? Romain et moi serons-nous encore ensemble l'an prochain ? Trop de questions se bousculent dans ma tête. Je ne connais pas les réponses.

Par chance, personne ne se risque à venir me parler, comme si les gens avaient deviné que je n'étais pas d'humeur à papoter. Après une courte marche parmi les sapins, nous finissons par arriver dans une clairière au milieu de laquelle trône un gros tas de troncs d'arbre. Gilles, Alexis, Romain et quelques robustes gaillards en hissent sept sur des luges qu'ils ont apportées. De quoi alimenter les cheminées du manoir ainsi que celles de l'hôtel.

Une fois les luges chargées, le groupe rebrousse chemin. Je ne me suis toujours pas décidée à suivre le mouvement. Je me rends bientôt compte que Romain n'a pas bougé.

— Enfin seuls ! lâche-t-il.

— On dirait bien, en effet.

La clairière s'est vidée. Il ne reste plus que le gros tas de bois et nous. C'est alors que Romain vient à ma rencontre et pose un genou par terre.

— Tu fais quoi, là ? demandé-je, paniquée.

Il m'attrape la main et, plongeant ses yeux dans les miens, il m'annonce solennellement :

— Très chère Amandine, je t'aime.

— Je le sais, tu me l'as déjà dit ce matin. Un truc du genre : « Je t'aime bien. »

— Je t'aime beaucoup, rectifie-t-il. Je continue de penser que tu es une catastrophe ambulante, mais cela ne m'empêche pas de t'aimer… Énormément.

— La catastrophe ambulante t'apprécie, elle aussi, sois-en assuré, même si elle trouve que tu as un caractère de cochon.

— Cela signifierait-il que tu partages mes sentiments ?

— Oui. Je t'aime.

Le sourire aux lèvres, Romain se redresse. Il n'a toujours pas lâché ma main. L'ambiance entre nous est électrique. J'ai tellement envie de lui sauter au cou et de l'embrasser. Aurait-il lu dans mes pensées ? Il me prend dans ses bras et m'embrasse. C'est le baiser le plus émouvant que j'aie jamais reçu.

Épilogue

Voici maintenant un an que Romain et moi sortons ensemble. L'amour et la bonne entente sont au rendez-vous dans notre couple. À l'instar de Lorraine et de Gilles, nous souhaitons nous marier à Noël.

J'attends ce moment avec impatience. D'autant que nous avons planifié un voyage de noces en Égypte. À moi, les pyramides et les lieux mythiques de l'Antiquité ! Espérons que rien ne viendra gâcher la fête...

Les recettes d'Amandine

J'aimerais partager avec vous quelques recettes que j'adore et que j'ai plaisir à réaliser en mode « fainéante ».

Les fleischnaka *de mon enfance*

Ainsi, lorsqu'il me vient l'envie de cuisiner des *fleischnaka*, ces petites spirales de pâte garnies de bœuf haché, j'utilise des rouleaux de pâte du commerce (je la choisis feuilletée) et du bœuf haché surgelé en sachet.

Je fais revenir des oignons émincés dans une poêle huilée, de préférence émincés et surgelés afin d'éviter les effusions de larmes. Puis j'ajoute le haché de viande que je sale et poivre.

Je sors ensuite ma pâte en rouleau du réfrigérateur et la déroule. Je la garnis de farce en veillant à laisser un centimètre de pâte pour souder les bords que je mouille avec un peu d'eau. Je roule ensuite la pâte pour en faire un boudin que j'enveloppe de film alimentaire – on peut le couper en deux s'il est trop long. Je le place quelques minutes au congélateur pour faciliter sa découpe.

Les minutes ont passé, il est temps de sortir le ou les boudins du congélateur. Je peux ainsi découper des tranches d'environ deux centimètres d'épaisseur sans que le tout se délite. Je saupoudre de farine chacune des tranches obtenues, puis je les fais dorer bien à plat dans une grande poêle huilée.

Dernière ligne droite : j'ajoute deux bonnes louches de bouillon de légumes dans la poêle et je laisse mijoter une quinzaine de minutes à feu doux, sans oublier de retourner les *fleischnaka* de temps en temps.

Miam ! Je les mange aussitôt.

Les bredele *que j'aime tant*

Ah, les *bredele*, c'est toute ma vie ! Je me damnerais pour en manger toute l'année. En règle générale, je préfère les acheter dans une bonne pâtisserie ou sur les marchés de Noël, non sans m'être fait préciser qu'ils ne contenaient pas d'amandes. Souvenez-vous, j'y suis allergique.

Mais parfois, je me sens inspirée, j'endosse mon tablier de cuisinière amateur et prépare les *knidlette* de ma grand-mère. C'est à la base une spécialité algérienne, et ce serait une bien trop longue histoire si je voulais vous expliquer comment et pourquoi cette recette fait désormais partie du patrimoine culinaire de ma famille. Retenez simplement que dès 1831, après que l'Algérie devient une colonie française, un nombre colossal d'Alsaciens et de Lorrains ont émigré là-bas pour fuir la famine et la pauvreté. Mes ancêtres étaient de la partie. Ils sont rentrés en Alsace en 1962, à l'indépendance de l'Algérie.

Mais revenons à nos *knidlette* ! Là encore, je choisis la facilité en achetant des rouleaux de pâte sablée du commerce. Il me faut également quatre œufs, du sucre et de la noix de coco en poudre – ou de la poudre d'amandes pour les non-allergiques –, un arôme naturel – zeste de citron – et des caissettes à cupcakes en papier.

Je commence par disposer mes caissettes en sages rangées sur une plaque destinée à aller au four. Parallèlement à ça, je fais préchauffer ledit four à 180 °C.

Je déroule ensuite la pâte sablée sur la table et la saupoudre de farine afin de pouvoir mieux la travailler. Lequel travail consiste à amincir la pâte avec un rouleau à pâtisserie. Puis je découpe des petits ronds de pâte à l'aide d'un simple verre évasé ou, mieux encore, d'emporte-pièces ronds. J'habille chaque caissette des ronds de pâte obtenue.

Passons à la farce ! Dans un saladier, je recueille les blancs des quatre œufs et je les monte en neige à l'aide d'un batteur. Avec des gestes doux, j'incorpore cent grammes de poudre de noix de coco ou d'amandes, cent grammes de sucre et le zeste de citron.

Je remplis les ronds de pâte dans leurs caissettes avec la farce précédemment obtenue. Je pince les bords de la pâte tous les centimètres afin d'améliorer la présentation et d'empêcher la farce de couler. Les véritables cuisiniers appellent ça chiqueter, moi, je préfère dire que je crée des ondulations mignonnes. Les moins paresseux décoreront avec des perles multicolores de confiserie.

Il ne reste plus qu'à enfourner la plaque de cuisson au four préchauffé à 180 °C et laisser cuire pendant seize minutes. À noter que certains fours sont particulièrement capricieux, je vous conseille donc d'adapter à la baisse le temps de cuisson. Pour tous les partisans du moindre effort, j'aimerais ajouter que l'on peut se passer de pâte sablée et se contenter de verser la farce directement dans les caissettes.

Bon appétit !

13930

Composition
NORD COMPO

Achevé d'imprimer à Barcelone
par BLACKPRINT
le 12 septembre 2024

Dépôt légal : octobre 2023
EAN 9782290391822
OTP L21EPLN003522-649609-R2

ÉDITIONS J'AI LU
82, rue Saint-Lazare, 75009 Paris

Diffusion France et étranger : Flammarion